翻过十万大山去爱你

湖畔之子 著

北方文艺出版社

哈尔滨

图书在版编目（CIP）数据

翻过十万大山去爱你 / 湖畔之子著 . -- 哈尔滨：
北方文艺出版社，2024.4
ISBN 978-7-5317-6178-5

Ⅰ . ①翻… Ⅱ . ①湖… Ⅲ . ①长篇小说 – 中国 – 当代
Ⅳ . ① I247.5

中国国家版本馆 CIP 数据核字 (2024) 第 071119 号

翻 过 十 万 大 山 去 爱 你
FANGUO SHIWAN DASHAN QU AINI

作　者 / 湖畔之子
责任编辑 / 邢　也　　　　　　　　封面设计 / 奇妙视觉

出版发行 / 北方文艺出版社　　　　　邮　编 / 150008
发行电话 / （0451）86825533　　　 经　销 / 新华书店
地　址 / 哈尔滨市南岗区宣庆小区 1 号楼　网　址 / www.bfwy.com
印　刷 / 三河市金兆印刷装订有限公司　开　本 / 880mm×1230mm　1/32
字　数 / 140 千　　　　　　　　　　 印　张 / 7.25
版　次 / 2024 年 4 月第 1 版　　　　 印　次 / 2024 年 4 月第 1 次印刷
书　号 / ISBN 978-7-5317-6178-5　　 定　价 / 58.00 元

目录

第一章……………………………………………………… 001

第二章……………………………………………………… 007

第三章……………………………………………………… 014

第四章……………………………………………………… 020

第五章……………………………………………………… 025

第六章……………………………………………………… 029

第七章……………………………………………………… 035

第八章……………………………………………………… 043

第九章……………………………………………………… 048

第十章……………………………………………………… 054

第十一章…………………………………………………… 059

第十二章…………………………………………………… 064

第十三章…………………………………………………… 069

第十四章…………………………………………………… 076

第十五章…………………………………………………… 081

第十六章…………………………………………………… 085

第十七章…………………………………………………… 091

第十八章…………………………………………………… 096

第十九章…………………………………………………… 106

第二十章 ……………………………………… 110

第二十一章 ……………………………………… 118

第二十二章 ……………………………………… 122

第二十三章 ……………………………………… 127

第二十四章 ……………………………………… 132

第二十五章 ……………………………………… 138

第二十六章 ……………………………………… 143

第二十七章 ……………………………………… 146

第二十八章 ……………………………………… 152

第二十九章 ……………………………………… 157

第三十章 ……………………………………… 163

第三十一章 ……………………………………… 170

第三十二章 ……………………………………… 175

第三十三章 ……………………………………… 182

第三十四章 ……………………………………… 186

第三十五章 ……………………………………… 192

第三十六章 ……………………………………… 198

第三十七章 ……………………………………… 203

第三十八章 ……………………………………… 209

第三十九章 ……………………………………… 214

第四十章 ……………………………………… 219

第四十一章 ……………………………………… 223

第一章

　　在西江火车站下了车，唐平拖着行李箱走出站台，天空像是被蒙上了一层灰，见不到一丝阳光。女朋友盈盈跟在唐平后面，面色苍白，头发蓬乱得像草垛一般。

　　由于是过路车，从省城老家一上车就是站票，差不多有十几个小时不敢喝水，列车推销员还时不时地推着个小推车在过道里穿梭。"瓜子花生矿泉水，麻烦各位让一让嘞！"唐平把女朋友护在靠座位的一边，自己背对着车厢过道，到西江站下车的时候，感觉腿都有些浮肿了。

　　两人在路边拦了个出租车。

　　"克（去）哪里？"司机满口的桂柳话。

　　"哦，去水洞转盘。"唐平脑子还有些没转过弯来。

　　"来西江旅游的？"见唐平说普通话，司机也不再说方言。

　　"不是，来上班。"

　　"不是本地人吧？"

　　"上面。"唐平指向山的另一边。

　　"黔阳是个好地方啊，多彩黔阳，爽爽黔阳，你们那里有亚洲最大的瀑布，还有茅台，我们这里也有茅台，不过是土的。"司机有些健谈，车里的空调开到了最大，唐平身上的汗很快就干了。

车拐了几个弯，将一排低矮的平房甩在后面，很快就在一个转盘处停了下来。

"到了！兄弟，五块钱，后备厢的东西不要忘了。"

公司外面，韦主任早就等在大门口了，他接过唐平的行李，边走边问。

"吃过饭没有？"

"还没呢，还是早上在家吃的一碗面，肚子早就饿扁了。"唐平有些不好意思。

"现在已经下班了，食堂只有早餐和中餐，没事，等下我带你们到外面随便吃点，我们先去宿舍放行李。

"这是你女朋友？"韦主任问。

"是的，她叫盈盈。"唐平答道。

宿舍在公司顶楼，六楼，韦主任气喘吁吁地走在前面，进到屋子里，唐平的腿有些不听使唤。房间里热得像蒸笼一样，刚刚在出租车里吹干的衬衣这会儿又能拧出水来。韦主任简单地交代了几句，便下楼去了。

盈盈铺好床单和被子，四脚朝天地倒在床上。

"累死我了！"盈盈娇嗔地埋怨道，"你选的这是个啥破地方，又热，早知道回黔阳多好。"

"好男儿志在四方，如今你已经上了贼船，后悔已经来不及了，哈哈。"唐平把女朋友压在身下，正要更进一步的时候，女朋友推开他翻身坐了起来。

"韦主任还在下面等我们去吃饭呢。"

"那晚上？"

"晚上再说。"

唐平有些意犹未尽，但确实韦主任交代过只给他们二十分钟，等下在公司门口集合。

西江是省内最偏远的地级市，与黔阳交界。西江不大，一条西江河穿城而过，将整个城分成了河北和河南，市中心就位于河的南岸，只一条街，街的一头通往柳州，另一头就是黔阳和宁南方向，那横亘在两地之间的连绵不绝的群山，被人们叫作十万大山。

"十万大山？真的有十万吗？"唐平有些诧异。

"十万不是山的数量，而是顶天的意思，这是壮话，时间久了你就会明白了。"韦主任解释道。

西江街上的卫生状况很差，人行道上到处坑坑洼洼，路边的行道树上积满了灰尘。摩托改装成的"三马车"是这个城市里除了公交以外的主要交通工具。

韦主任带着唐平坐上"三马车"，几分钟便来到了市中心，街两旁的小吃多得让人目不暇接，小贩的叫卖声此起彼伏，韦主任随便找了家烤鱼店坐下，又跟老板要了两瓶啤酒。

"这就是白马街，整个西江最繁华的地段，因步行街中有一白马雕塑而得名。天气热，喝点啤酒解暑。"韦主任比较随和，让唐平之前的担心一扫而光。

"那就喝点。"

"你是我们公司第一个外省来的大学生呢，领导还特别交代要我照顾好你，我们这里属于偏远山区，条件比较艰苦，你咋会想到要来西江上班呢？"韦主任问。

"是啊，我咋会想到来这个地方的呢？"唐平感觉有些恍惚，他可从来没想过要来这里，唐平的学校是邮电部直属高校，前两年才改为邮电部和省里共管，在当地有着"小清华"的美誉，大多学生都是第一志愿的落榜生，录取分数基本都会高过一本线好几十分，有的同学高考的分数甚至可以选择全国排名前十的名校，因此学生们毕业时大多心高气傲，要么选择北上广的电信运营商，要么进互联网大厂，再不济也要留在省会城市。也许这就是一个人的命。唐平在校时是典型的文艺青年，找工作时一心想要进报社或是电视台，可谁知投了一大堆的简历，连个泡都没冒，于是错过了最佳找工作的时间，眼看宿舍的同学差不多都有了着落，唐平才开始慌了起来，于是只好病急乱投医，不过好歹这里还是国企，还是运营商，于是便背着包来了。"今后还要韦主任多多关照。"唐平举起酒杯，早已没有了刚来时的拘束。

酒足饭饱，韦主任拍拍肚皮结了账，便走路回去了，韦主任家就住在附近。唐平和女朋友打了个"三马车"，偶尔有一丝湿热的风吹在脸上，脸上很快就变得黏稠起来，城市被周围的大山包围，像是被一口大锅盖住，锅的外面有化工厂，有水泥厂，可想而知，只要不关窗，一天下来，屋里到处都会是灰尘。

可关上窗又实在闷热得厉害，躺在床上，唐平总觉得还有什么事情没做完，他翻过身来，透过朦胧的月光，身边的女朋友睡得正香。

按照规定，公司新入职的大学生都要先到各部门轮岗一遍，一般先到机房，然后去财务、市场或是人力，一直要到半年之后才会最终定岗，但唐平却是个例外，他一直待在市场部，每天早上，他总是第一个到办公室，将办公室卫生打扫干净，然后帮办公室里的同事把茶泡好，等部门的其他同事风风火火地冲进食堂，提着一袋包子赶在最后一分钟闯进办公室的时候，唐平已经做好了同事们召唤他的准备了。

"小唐，去帮我找财务签个字。"

"小唐，去帮我送个资料。"

"小唐……"

是的，唐平是办公室最小的一个，小唐是亲昵的称呼，部门里的都是哥和姐，谢哥，欧姐，征姐，当然还有覃红，没错，覃红是部门经理，也是唐平的直属领导。他的评价直接关系到唐平今后的岗位安排。

买一送一，盈盈也被韦主任安排到了公司一楼的营业厅做起了营业员。

上班的日子枯燥得就像西江四周的山一样，没有树，没有草，只有白生生的石头，唐平每天上班，下班，然后跟女朋友窝在宿舍里过二人世界。宿舍里添了一台风扇，是唐平周末和女朋友到市中心的农贸市场里去采购的，卖风扇的老板喊价一百，盈盈直接还成了三十，把老板的脸都气得发了绿，直呼这个价连货都进不来，见谈不拢，盈盈拉起唐平的手就走，刚到门口，老板叫住了他们。

"再添点？添点就卖。"

"不添！"唐平正准备再加五块，却提前被盈盈给打断了，到了嘴边的话又生生地咽了回去。

按照常理，话聊到这个份上，对方应该只好哀叹一声，将大腿一拍，"哎呀，开张生意，亏本也卖给你们了。"哪知那老板被盈盈拒绝后，头也不回，径直朝里屋走去，唐平突然感觉到有些失落。

"我们再去看看。"盈盈有些不甘心，可一连走了好几家，最低都要四十，低于四十不谈，唐平和盈盈只好再次回到最初那家店里，老板看他们进来，脸上带着一丝诡异的笑容。

"一口价，三十五！"唐平抢了个先。

"三十八！"老板也不甘示弱。

"哎呀，男子汉大丈夫，干脆点，各让一步如何，三十六。"

"话都说到这个份上，成交！"

桌上的风扇转动时发出呼呼的响声，热，还是热，只不过比起之前的闷，的确好了很多。

第一个月的工资下来了，唐平到财务签了字，会计递给他一个薄薄的信封，他有些激动，没好意思当面数，下楼，他走进了男厕所。

中午休息的时间，他到公司旁边的银行去还了第一个月的助学贷款。

第二章

"小唐，你来一趟梁副总办公室。"

唐平正坐在电脑前发愣，突然一个黑乎乎的脑袋从窗户外伸进来，把唐平吓得一激灵。

"好的，我马上来。"

唐平合上电脑，一路小跑跟在魏经理后面。

梁副总泡了一杯茶递给唐平，唐平双手接下，不知道领导找他所为何事。

"小唐啊，最近的工作怎么样？业务都熟悉得差不多了吧？"梁副总笑眯眯的，唐平一时不知领导葫芦里卖的什么药。

"是这样，你下县的申请公司已经同意了，今天领导就是找你谈一下心，不必紧张。"

见唐平有些拘束，一旁的魏经理主动缓解了一下紧张的谈话气氛。

哦，原来如此。唐平舒了一口气。

在市场部实习的这三个月，部门的同事已经接纳了这个外省来的小伙子，跑流程，写方案，做经营分析，唐平不愧是大学生，很多东西一点就透，但毕竟没有真正干过一线，唐平在写方案时总觉得有些不接地气，方案辞藻华丽，语句通顺，然而并没有什么用，写方案根本不需要散文式的抒情，更不需要小说式的虚构。只要将目标、时间、地点、干什么事情，干好了如何奖励，完不成如何处罚说清楚就行了。

读万卷书不如行万里路，唐平在办公室里闭门造了一段时间的车，才发现了一线的兄弟们根本不买账，不切实际的目标，天马行空般的指导意见，与其在办公室坐井观天，还不如到离炮火最近的地方去，听一听前线的炮声，感受一下市场一线的残酷。

"李总对你的申请很满意，这么多年，主动申请到一线工作的，在公司里你还是头一个。"

是啊，人往高处走，水往低处流，这是一个宁在宝马车里哭，也不愿意坐在自行车上笑的时代，无数的大学生蜗居在北上广暗无天日的地下室里，整日过着馒头配咸菜的生活，只因怀揣着一个有朝一日能够出人头地飞黄腾达的梦，这种梦唐平曾经也做过，那是千千万万的普通小人物们的梦，梦里有宝马香车，有别墅游轮，人们总喜欢将极个别成功人士的人生塑造成为草根逆袭的榜样，以此来激励那些生活在底层的小人物们奋力地朝着那金字塔的顶端爬去，哪怕只有万分之一的可能，人们也会前赴后继，乐此不疲。

而今唐平却选择了一条完全不同的路，与其在大城市千军万马过独木桥，挤得头破血流，还不如另辟蹊径，在这满地荆棘的荒野间蹚出属于自己的一条小路来。

女朋友要值班，唐平背着一个小包单枪匹马就到了县城报到，分公司综合部的唐姐是家门，见过分公司领导后，她领着唐平来到了早已给他租好的房子。

房子很宽敞，一室一厅一卫，唯一让唐平无法接受的，是那房间里的门，一二三四五六，一共六道门。

"没有办法，这是原县科技局的办公楼，你这间刚好是会议室，其他的地方离公司有点远，你一个人上下班不方便，只好先委屈一下了。"

"没事。"唐平说得轻描淡写。

可到了晚上，他才知道什么叫委屈。门的两侧各住了两家人，左边是一家三口，小孩正在哺乳期，整个晚上小孩的啼哭声，大人的呵斥声，磨牙放屁的声音此起彼伏，好不容易把小孩哄睡着了，右边的人又回来了，先是一个女的，后面一个男的走进来，一把抓住那女人的头发，不由分说就是一记响亮的耳光，那女的哇的一声大哭起来，紧接着两人扭打在一起，屋内传来乒乒乓乓的声音，战况十分激烈。唐平将头埋进被子里，用手捂住耳朵，可隔壁的声音像长了翅膀似的，拼命地往耳朵里钻，那一对男女说的是壮话，唐平偶尔能听出一些，如KTV，如六合彩，唐平总结下来，那女的应该是在KTV上班，男的买六合彩欠了一屁股的烂账，两人互相指责，谁也不服输，直到打得累了，女的提起包要走，那男的却拦住不让走，于是又是一阵拉扯，一直持续到深夜才终于消停下来。

唐平被分公司领导蒙磊任命为市场部副经理，说是经理，实际上就是个直销小团队的头儿，每天早上在公司开完晨会，蒙磊给大家明确了当天的促销任务，唐平就带着李姐、小韦和司机老周开着一台破烂的皮卡车出了门，车尾厢里塞满了帐篷和五颜六色的宣传单，目的地是各个乡镇的集市，到了目的地后，找一处人流集中的地方将帐篷撑开，一张折叠的桌子，桌上放着几台号称摔不坏砸不烂的"手机中的战斗机"和几袋大米或是牙膏牙刷毛巾类的东西，喇叭里循环播放着"好消息，好消息，一分钱不花领手机，还有大米免费带回家，走过路过千万不要错过"。

一人留守摊位，其他人沿街发放宣传单，手机确实不要钱，但话费得自己交，存二百话费得一个手机，还送一袋大米，确实划算，办卡又不要身份证，钱货两清，手机是好，三层楼摔下也只是机盖分离，装上电池照样打电话，可就是信号不太好，一进村子就玩消失。

促销回来，蒙磊在县城广场的烧烤摊早已等候多时，啤酒加海鲜，快乐无边，江边凉爽的风吹过，吹散了唐平满身的灰尘，也洗去了他一天的疲惫。

"小唐是下县来锻炼的，迟早要回市里当领导，来，让我们祝小唐在我们这里工作顺利，步步高升。"随着蒙磊的一声号令，所有的酒杯都举了起来。

几杯啤酒下肚，广场上那些石柱子上的人物雕像仿佛活了过来，他们身着华丽的少数民族服饰，在广场上载歌载舞，远处，一轮皓月正缓缓升起。

地上的啤酒瓶堆成了小山，司机老周提议酒到此为止，不如去小康村里转转。

"小康村有什么好逛的，不就是一堆民房吗？"唐平初来乍到，不了解详情。

"有许多攒劲的节目，走，哥带你去开开眼界，长长见识。"老周满脸的神秘。

"算了,你们去吧,我还要加班写材料,明天蒙总去市里开会要用。"

唐平没有说谎,这一点蒙磊可以做证。

唐平回到公司继续写材料,蒙磊的要求只有一个,要站在分公司全局的高度去认真谋划明年的工作。

写完材料,把邮件发给蒙磊,时间已是凌晨三点,回到宿舍,四周一片寂静,唐平脸也没洗倒头便睡,一觉醒来天已大亮。

蒙磊一大早就到市里开会去了,走之前特别交代今天的晨会由唐平主持。

坐在蒙磊平时坐的位置上,唐平有些不太适应,老觉得一旁的市场部经理韦宁的表情有些怪怪的,是冷笑,还是不屑一顾,唐平说不太明白,但还是硬着头皮走完了整个流程。

"以后要改口叫唐总了。"下乡的路上,小韦突然说了这么一句。

"皮泡脸肿,我是赶鸭子上架,被老蒙逼的,按道理今天的会应该由韦主任来主持嘛。"唐平自嘲道。

"韦宁?他是个大老粗,高中都没毕业,成天只会喊打喊杀,搞不来那些文绉绉的东西,但他也有长处,人际关系搞得很好,每次随他下乡进村,那些村主任都会杀鸡宰鸭用土茅台进行招待,业务没干成几单,体重和酒量倒是增了不少,管他呢,用你们读书人的话说,人生得意须尽欢,莫使金樽空对月,过一天算一天。"小韦笑道。

小韦初中毕业上了个职校,毕业后一直不愿意出去上班,窝在家里啃老,他父亲最后实在没了办法才找到蒙磊,请他帮忙安排安排,工资多少无所谓,只要不在家就行。

蒙磊将公司的人员分成了两组，分组进行竞赛，一组韦宁带队，另一组唐平打头，以销量的多少来评判，胜出的一组除正常的工资以外，还有额外的奖励。有了竞争机制，就如平静的池塘里突然间来了一条鲶鱼，气氛瞬间活跃起来。

韦宁是本地人，认识很多单位，在合约机的办理上占有很大优势，他手下的几员大将也都是进公司多年的老员工，手上有很多客户资源，而纵观唐平的队伍，他一个外乡人，毛头小伙，手下一个啃老族、一个拖油瓶，还有一个资深老嫖客，天时地利人和，他一样都不占。

"我们这次输定了。"小韦干啥啥不行，说丧气话却是第一名。

"尽力而为吧。"李姐显得比较淡然。

至于司机老周，他此刻正虚弱地倚靠在沙发上，眼睛眯成了一条线，仿佛一具行尸走肉。

"对，尽力而为，从今天开始出去办卡卖手机的佣金归你们，月底发奖励了，根据你们三个人的贡献度进行分配，我一分钱不要。"

唐平将促销的思路进行了调整，提前一周让小韦通过家里的关系给村里干部打电话联系上门促销的事宜，让村干部通知村民在活动时间集中到村委会免费领大米，免费领手机，每办成一户，适当给村干部一些辛苦费。

方法果然奏效，一场活动下来，上百户入网，开户开到手软，数钱数到抽筋，韦宁本以为胜券在握，谁知唐平却不按常规套路出牌，月底一盘点，唐平小组完成的任务竟是他的两倍还多。

蒙磊宣布，唐平组获胜，授小红旗一面。

晚上唐平请蒙磊在广场吃烧烤喝啤酒，以感谢他这段时间以来的栽培，一来二去，竟称兄道弟起来。

"我上去开会的时候，李总当着我的面表扬你了，还要推荐你去省公司给今年的大学生做经验分享呢。"蒙磊将嘴附到唐平耳边悄悄地说。

"感谢领导栽培，敬您一杯。"唐平突然有些感动。

消夜结束，唐平回到办公室打开电脑，他要准备经验分享的汇报材料，名字叫作《逆向而行，扎根基层》，小标题《我在公司的这半年》。

写完后，他分别给蒙磊和魏经理发了一份邮件，很快，蒙磊回了一个点赞的表情，并让他将小组竞赛时的下乡进村促销具体做法写得更详细一些。

而魏经理的回复相对比较简单。

"写得不错，但有几处错别字，我帮你改过来了，切记，一定要注意细节。"

等重新整理完材料，东方已经泛起了鱼肚白，唐平来不及回宿舍，就在厕所里胡乱洗了把脸，只听得楼下的保安拉开大铁门，紧接着有人走上楼来，和正要下楼的唐平在楼梯间相遇。

"唐经理，来这么早？"那人有些惊讶。

唐平笑了笑，"走，一起去吃桂林米粉，今天我请客。"

第三章

这实际上是省公司组织的全省新入职员工的一次集中培训，往年都是轮岗前集中组织，不知为何今年却改成了先轮岗再培训，培训时间一周，地点在省城五象新区的郎博王大酒店，简称NO.1酒店。

唐平提着行李走进酒店大堂，省公司人力资源部的同事早已经等候在前台，引领唐平签字领房卡和培训资料，唐平在表格上寻找着自己的名字，突然，他在省公司综合部这一栏上看到了一个熟悉的名字，李舒凡！哪有那么巧？也许是同名吧，唐平很快否定了自己的怀疑，他所认识的李舒凡此刻应该在深圳或是上海的某家互联网大厂做工程师，怎么可能回来跟自己一个单位？

当晚无事，唐平又是第一次来省会，他在酒店附近随便转了一圈，举目望去尽是陌生的面孔，便回到酒店房间，这才发现与他同住一间房的另一名同事也到了。

"你好，你是唐平吧？我叫徐鹏，大鹏展翅的鹏，你也可以叫我小徐，南分市场部。"

"幸会幸会，唐平，西江分公司，以后请多多指教。"

一阵寒暄过后，两人便开始聊起各自的学校、专业以及来公司后一段时间的情况，徐鹏是本省人，父母都是公职人员，从上小学起，除每年父母带着他出去旅游以外，他的足迹压根就没有出过省，他对唐平丰富的求学求职的经历（相对他而言）表示羡慕不已，毕业前他都和同学商量好了要去上海闯一闯的，可父母硬要将他留在身边，以确保随时能够监控他的一举一动，甚至在单位也有他父母的眼线，对于父母的包办，徐鹏表现得有些无奈。

"也许这就像围城一样，有人拼命想逃离的地方，正是有的人削尖了脑袋想进去的，你这种情况很多人羡慕还来不及呢，工作在省城，离家又近，有父母罩着，小日子甭提有多舒服了，哪像我被发配边疆，谁知道猴年马月才能脱离苦海？管他呢，既来之则安之，对了，省公司综合部有个叫李舒凡的女生，你知道她的情况不？"唐平问。

"李舒凡？哦，想起来了，有一点印象，前段时间送材料的时候，我记得接待我的一个小女生就叫李舒凡，她也是今年刚进公司的大学生，你也认识？"徐鹏皱着眉头想了半天，终于想了起来。

"跟我大学时一个女同学同名，但应该不是我认识的那个李舒凡。"唐平回道。

"小平哥，李舒凡不会是你以前的女朋友吧，要不然会如此关心？"徐鹏在唐平的话中看出了一些端倪，便笑着问他。

"真不是啦，只不过在大学时关系比较好，我们都有一些共同的爱好而已。"

"红颜知己？"

"算是吧。"

"毕业后没有联系？"

"毕业的时候匆匆忙忙，大家各奔东西，再说我们不是一个专业，那时候的她有男朋友，哪里轮得到我去关心，到公司后换了号码，就彻底断了联系。"唐平有些惆怅。

"那就不好说喽，叫李舒凡的人多了，是与不是，明天一早就见分晓了，倒也不急这一时，想多了头疼，关灯睡觉。"徐鹏关掉床头灯，翻过身去，不一会儿便响起了雷鸣般的鼾声。

唐平睡不着，他掏出手机给女朋友盈盈发了条信息。

"在干吗，想我没有？"

很快，手机振动，盈盈回信息了。

"营业厅刚盘点完下班，现在在宿舍，想你。"

"哪里想？"

"坏蛋，培训完赶紧回来，还有，不许乱和美女讲话，我怕你在省城的花花世界迷失了方向。"

"谨遵老婆大人之命，培训期间，保证非礼勿视，非礼勿言。"

"乖，晚安。"

"晚安。"

房间里的呼噜声忽高忽低，忽远忽近，时而如狂风骤雨，战鼓齐鸣，时而又如和风细雨，秋蝉低鸣。唐平翻来覆去睡不着，只好用手敲击着床头，使劲地咳嗽几声，那呼噜声才稍微消停了些，唐平索性不再理会，眼前如电影般浮现出大学时的一些片段。

大学时唐平学的是管理工程，而李舒凡学的是计算机，虽不是一个系，但他们都有着共同的文学爱好，又同是校园青年文学社的成员，唐平喜欢写小说，而李舒凡擅长散文，尤其在描写和刻画人物内心时的细腻让唐平对这个同样来自南方的小女生印象特别深刻，于是晚自习后，李舒凡会经常约上唐平到学校的后山去散步。夏天的后山上，到处都是成双成对的情侣，或拥抱，或亲吻，这在大学早已经不是什么新鲜的事情了，就拿402宿舍来说吧，才刚到大二下学期，宿舍里的人就少了一半，剩下一半留在宿舍里的大多也是异地恋，但唐平和李舒凡不是情侣，他们之间讨论的都是关于文学的内容。

"我的偶像是三毛，特别是《梦里花落知多少》里写给荷西的那句'埋下去的是你，也是我，走了的，是我们'。三毛为了追寻爱和自由，一生都在漂泊流浪，就如她自己所说，'活着，就是为了在一片沙漠中寻找海市蜃楼般的快乐，再让荒芜的土地上，开满希望的花朵。'我希望能像三毛一样，一生做一个勇敢独立的人，你呢，唐平，你的偶像是谁？"

"我？"唐平被问住了，他高考前最大的理想就是考上大学，离开大山。地里那些永远也干不完的活，仿佛一道沉重的枷锁，唐平拼了命地想挣脱，十年寒窗苦读，他终于松了一口气，他再也不用为农忙发愁，也不再担心会重走上一辈的老路去过"种地、娶媳妇、种地"子子孙孙无穷无尽无限循环的日子，可真等他考上大学，唐平才发现自己所有的记忆都在农村——那个他从小立志一心想要离开的地方，于是他所写的文章内容全都是关于农村，关于那里的人和事，那些儿时的伙伴，那些村里的家长里短，他信手拈来，如数家珍。

"关于农村的，我都喜欢，唐平想了半晌才终于回答出来，赵树理，路遥，贾平凹，余华，他们的文章我都喜欢。"

"那你喜欢三毛吗？"

"三毛?《三毛流浪记》里的三毛不是个小屁孩，后来三毛不是从军去了吗？"

"完全是风马牛不相及，你是想要笑死我？"李舒凡笑得直不起腰来，"我说的三毛是个台湾作家，她一生都在旅行，去了全世界很多国家，也谈了很多段恋爱，她最爱的荷西是她在非洲旅行时认识的，荷西死了，三毛的心也死了。"

"原来如此，是我孤陋寡闻，肤浅了。"唐平羞红了脸。

"不怪不怪，就像有的人喜欢都市言情，有的人喜欢武侠小说一样，你说的很多我也没有听过。"李舒凡一脸的认真，歪着的小圆脸在朦胧的月光下显得十分迷人，唐平有些怦然心动，但他始终不敢更进一步，哪怕只是牵一牵她的手。

那时候胆子咋就那么小呢？唐平不禁在心里问自己。

那时候每天晚上散步回来，宿舍的同学都会拿他开玩笑，问他什么时候搬出宿舍去住。

"真是皇上不急太监急，我的事情你们成天瞎操心，管好自己得了。"这是唐平回复室友的经典名言，后来室友们都能背下来了，唐平也没能牵上李舒凡的手。

直到有一天唐平不再出去散步，而是去了图书馆，室友们才知道李舒凡已经名花有主了，学校社科系的一个男生，内蒙古人，据说家里养了几万只羊。

唐平在学校最后一次见到李舒凡的名字，是在大四上学期的一期校刊上，文章讲述的是一个少女的爱情故事，文章中她引用了三毛的一句名言，"真正爱你的人就是那个你可以不洗脸、不梳头、不化妆见到的那个人。"文章的最后署名——计算机系李舒凡。

或许是因为穷吧，唐平在心里自嘲，那时候连自己都养不活，哪还敢谈恋爱。

不想了，睡觉，睡意袭来，旁边的呼噜声倒成了催眠曲，唐平一觉便睡到了天亮。

匆匆洗漱完，唐平到酒店二楼吃早餐，然后赶往培训的教室。

可直到上课开始，唐平也没能看到那个熟悉的身影走进教室，放着李舒凡桌牌的位子上一直空着，第二天上课的时候，甚至连桌上的名牌都撤下了。

看来我是想多了，唐平不再胡思乱想，便专心听课，授课的都是省公司各部门的领导，讲授的内容从公司的企业文化、标识含义、集团战略，然后到具体的产品内容和营销技巧，最后到公司的劳动纪律和各种处分条例，几乎面面俱到。

最后一天的内容是优秀新员工做经验分享，轮到唐平上台的时候，他整个人紧张得衬衣都湿透了，他努力克制住自己，直到台下响起雷鸣般的掌声，他才完全抬起头来，突然，在教室最后一排的角落里，他看到了一个熟悉的人。

"讲得很好，希望我们所有的新同事都能学习唐平同志逆向而行、扎根基层的精神，在看似平凡的岗位上做出不平凡的成绩……"

老师后面总结的话，唐平一句也没有听进去。

第四章

"怎么是你！"两人几乎异口同声地说。

"前面的培训怎么没来？"唐平先问。

"我生病了，重感冒，就请了个假，今天感觉好多了，又是最后一天，我要不来，咋能在这里遇到你？"她还是那么随性，一如三毛的性格。

"我请你吃饭吧。"安吉路新开了家西餐厅。

"还是我请吧，我是男生。"

"我的地盘我做主，下次，下次我去西江你再买单。"

唐平不再固执，两个人在路边打了个车，五分钟后，车便停在了一家上岛咖啡门口。

李舒凡要了个靠窗的雅座。

"一人一杯咖啡，牛排要七分熟，再给这位先生上一份咖喱牛肉饭，我要减肥，晚上不吃饭。"李舒凡翻着菜单，看着唐平笑道。

"随便，我也没有上学的时候能吃了。"

"你还说？那次我们俩散步去大城名店，你说走饿了，然后我们进了一家酸汤牛肉馆，对，就是你说的，那是你们黔阳的特色，然后怎么样？老板给我俩打的一盆饭，那么大一盆，全被我们吃完了，最后你还叫老板添了一碗，把老板的眼睛都看直了，关键我还是一女的，还是那时候的胃口好，说实话，当时你有没有笑话我？"李舒凡笑起来，眼睛眯成了一弯月牙。

"那时候真觉得你的性格挺哥们儿的，哦，我错了，应该是挺豪爽的，可我就搞不懂，为什么你写起文章来语言那么细腻，感觉判若两人呢？"

"什么叫坚强的外表，柔弱的内心，哼，跟你说了你也不明白。"李舒凡将头上的辫子一甩，脸歪向一边，"不过，对了，你今天的演讲确实很精彩呢，特别是你讲到精准营销、前置营销的那一段，你是怎么想到的？"

"以前我们出去搞促销都是见子打子碰运气，效果不是十分明显，后来我一想，何不将宣传前置，提前让我们的潜在客户知道我们什么时间来做促销，然后再让利让村主任这样的能人帮我们做好组织，做到有的放矢，而不至于像无头苍蝇那样到处乱转呢？"聊起促销的事情，唐平如数家珍。

"我们综合部正好有宣传报道的任务，你把今天演讲的内容发给我，我帮你做一期宣传如何？"

"不必了吧，我可不想太出名。"唐平有些犹豫。

"人家还巴不得呢，到时候可别后悔哦。"李舒凡的表情有些认真。

"那就有劳李主任了。"就像有人调侃叫他唐总一样，唐平也开始有些贫嘴起来。

"你的'荷西'呢？"唐平不知道是哪根筋搭错了，突然问了这么一句。

"死了！"李舒凡脸上的表情突然有些难看，眼泪唰地滚了出来，就好像前一秒还是晴空万里，突然间便狂风大作，飞沙走石，暴雨倾盆。

"真死了？"唐平感到气氛有些不对，又追问了一句。

哎，这真是个直男。

李舒凡有些哭笑不得，"说你笨，你还真是一点也不聪明！我说死了你还真信！分了，早分了，我以为他是我的荷西，可我和他才在一起半年，就发现他同时交往着其他学校的好几个女生，而我不过是他众多女朋友的其中之一，你说我是不是特别傻？那段时间，我连死的心都有了，计划好的考研也泡了汤，后来在家里关了一段时间，我爸就把我安排到了这里，那个人我本来早已经忘了，今天见面你又撕开了我的伤口，说吧，怎么补偿？"

"你说。"唐平刚惹了祸，不知道该如何收场。

"陪我喝杯酒吧。"李舒凡提议。

唐平一时竟找不到理由反对。

"服务员，来瓶红酒。"唐平打了个响指，很快，服务员便端着红酒杯走了过来。

那天是怎么结束的，唐平已经记不大清楚了，但他清楚地记得，在路上的时候，他不但牵了李舒凡的手，还热烈地吻了她，他坐在公园的石凳上，轻轻地抚摸着她的头发，她将头埋在他的胸前，声泪俱下地控诉着他的罪行，其实她一直在等他的表白，可整整散步了一年，校园后山上的草都被他们踏平了，他也始终没有越过雷池一步，而那个家里养了几万只羊的男人却乘虚而入，夺走了她。

"我真该死。

"我是个懦夫。

"是我对不起你。"

唐平将她的嘴唇死死地咬住，直到她开始有些窒息。

"回去吧，太晚了。"李舒凡从唐平怀里挣脱出来，整理了一下凌乱的头发。

唐平点了点头，两人走到路边，打了个车回到酒店。

徐鹏给唐平开了门，见唐平一身酒气，徐鹏一脸的坏笑。

"唐总去潇洒也不带上我？"

"不好意思，刚好遇到几个西江的兄弟，高兴就多喝了几杯。"

"我开玩笑的，我也刚回来，培训前我们几个同学就约好今天小聚，都是一帮大学时的好兄弟，就没好叫你一起。"

"没事，以后有的是机会。"唐平拿起浴巾就往卫生间走。

"唐总。"

徐鹏叫住唐平。

"你说的那个李舒凡今天来参加培训了，还跟你透露个消息，她爸是你们西江分公司的一把手。"

"啊？"唐平满脸的感叹号。

"你认识李舒凡？"徐鹏有些好奇。

"不认识，她今天来了吗？坐哪个位置？"唐平迅速调整了状态，一本正经地胡说八道。

"哦，我还以为你认识，要真那样，我就要提前预祝老兄在西江蒸蒸日上，前途无量了。"

"我哪有那好命？"唐平笑道。

不一会，房间里又响起了鼓风机一样的鼾声。

唐平吹干头发，穿好睡衣躺在床上，手机屏幕上显示有好几条未读信息，两条是盈盈发来的，"你在干吗，电话打不通，明天什么时候回来？"还有两条是李舒凡发的，"平，你知道吗，这是我毕业以后最开心也是最幸福的一天，我以为这辈子都不会再见到你了，你就好像那黑暗中突然出现的一束光，照亮了我人生继续前行的路，做我的荷西好吗？"还有一条，"亲爱的平，晚安。"

"晚安，凡。"

信息发送成功，唐平赶紧把短信删掉，然后回了一条信息给盈盈，"晚上新同事聚餐喝多了，刚回到酒店，明天一早就回。"

那个晚上，折磨唐平的不是徐鹏的鼾声，而是一个接一个的怪梦，一会梦见李舒凡，一会又梦到盈盈。时空好像也错乱了，刚才还在西江，下一分钟又到了大学的校园，怪梦纠缠着唐平一直到天亮。

醒来的时候，徐鹏已经收拾好行李准备回家。

"你昨晚是不是做什么梦了？梦里一直在喊着什么名字，那个李舒凡你真不认识？"

得到唐平肯定的回答后，徐鹏挥了挥手，"兄弟再见，来省城随时电话。"

"也欢迎你到西江来。"

徐鹏走后，唐平也回到了西江，他要先到市公司去给魏经理汇报一下演讲的情况，紧接着陪女朋友到白马街吃个晚饭，然后第二天一早坐蒙磊的车一起回到县里上班。

第五章

一连下了好几天的冻雨，路上结起了厚厚的一层冰，春节返乡的各种车辆纷纷在路上趴了窝，在国道上绵延上百公里，人们进退两难，开始在路边的荒野里捡拾柴火来生火取暖，起初人们以为还是像往常一样，不过是一场普通的凝冻，过几日便会晴空万里，冰雪融化，可一周过去了，冻雨仍然越下越大，根本就没有要停下来的意思。山顶上的高压电线此时看起来比成人的胳膊还粗，县城里的电也停了，晚上一片漆黑，一大半的基站都没了信号。

唐平所在的县恰好处在两省交界，他已经接连两个星期没有回市里了，西江政府发出号召，要求全市的交通、电力、通讯等部门全力配合做好抢险救灾工作，会后，西江分公司迅速成立了应急救援小组，由市公司总经理任组长，分管网络运维工作的副总经理为副组长，唐平所在的县公司全员出动奔赴前线，基站几乎全在山顶，皮卡上不去了，唐平和同事们肩挑背驮，通过人力将油机抬到山上。基站的电终于恢复了，国道旁的空地上搭起了几家电信运营商的帐篷，人们蜂拥过来，挤在一排免费的无线座机前打电话给家里人报平安。

2008年，发生了许多的大事，除了这场令人记忆深刻的冰难以外，北京还成功举办了奥运会，紧接着，电信行业重组的靴子也落了地，蒙磊去了电信，负责电信C网业务的筹备工作，蒙磊走后，唐平被短暂调回到市公司待了一段时间，但很快就被提拔下了县，这回去的是峨城。

在同一批入职的全省校招人员中，唐平是第一个被提拔的，或许是李舒凡的宣传报道起了作用，也或许是李舒凡在她爸爸的耳边说了点什么，干部任前谈话结束，总经理老李随口问了他一句："小唐，你和李舒凡是同学？"

唐平没有任何心理准备，慌乱间，只好承认："我跟她不是一个专业，但在文学社的时候认识。"

老李"哦"了一声便没了下文，连一句多余的话都没有。

晚上部门组织了一场恭喜唐平高升的晚宴，覃红发动部门的人轮番上阵，唐平到洗手间抠了三次喉咙，再回到房间，桌上的人都跑光了，只剩下覃红还有些清醒，作为娘家人，他希望唐平今后只要有需要就尽管开口，他都会全力以赴地支持。

"这次提拔，主要是老李的意见。"覃红也是老李一手提拔起来的，算是心腹，酒精上头后，他跟唐平说了心里话。

"你刚到公司一年就能下县做总经理助理，如不是老李在党委会上力排众议，压根儿就不可能通过，大学生在市公司多的是，如论资历，进公司七八年还是个小主管的更是一抓一大把。

"去了之后好好干，市场部是你的娘家，政策和资源上如有需要，你覃哥一定全力以赴给予支持。"覃红拍着唐平的肩膀说。

唐平有些感动，感动的不仅仅是覃红的这一番掏心掏肺的话，更是来自组织和领导的肯定和信任，千里马常有，而伯乐不常有，他一个外乡人，之前总担心会被排外，如今看来，自己是多虑了，这里的领导和同事早已把他当作了自家兄弟一样对待。

覃红说话的时候，唐平感觉到了手机的振动，他拿起来一看，是李舒凡发来的一条短信息，他瞄了一眼，里面只有四个字，"恭喜你，平！"为了避免被盈盈发现，他已经将通讯录里李舒凡的姓名存成了"流浪的三毛"。

他回了个"谢谢"，然后删掉信息，继续听覃红给他传经布道。

覃红在市场部之前，曾在两个县担任过副职，他的话还是很值得一听的。

"县里面的员工其实很单纯，你千万不要想得太过复杂，你只要有能力，能做成事，他们就会服你，你只要发自内心地关心他们，他们就会感激你，然后帮助你，支持你。"

唐平虽然在县里干了一年多，但毕竟没有真正当过领导，心里还是有些忐忑。

听完覃红的教诲，唐平回到宿舍，盈盈还坐在床上织毛衣等他，毛衣已经织好了一大半，还差两只袖子便大功告成了，盈盈的两只手拿着棒针上下翻飞，见他进来，便放下手上的活，笑道："哟，我们家领导回来了。"

"啥领导？你才是我的领导，什么时候也学会讽刺人了？"唐平喝了口热水，才感觉胃稍微好受了些。

"以后不要喝太多了，一个人去峨城，还是要当心点，不要一高兴就什么都忘了，酒喝多了伤身，你又这么瘦。"盈盈像唐平的妈一样唠叨。

盈盈是唐平的高中同桌，上学时他们就互相有些喜欢，但始终没有捅破那一层窗户纸，后来唐平去了南京，盈盈考上了省内的学校，两人经常书信往来，互诉衷肠，可毕竟天各一方，双方都觉得不可能走到一起，便一直没有确立男女关系，谁知大学毕业前一段时间，唐平回老家的电信局实习，正好遇到盈盈也在同一个单位，一来二去，两人就又走到了一起，这一次，盈盈表示她一定要嫁鸡随鸡，嫁狗随狗，唐平走到哪，她就跟到哪，如果不是盈盈，唐平真不知道自己一个人在西江到底能待多长时间。

偏偏这个时候又遇到了李舒凡，唐平忽然觉得有些愧疚，他让盈盈躺在床上，用手温柔地抚摸着她的脸颊，一脸认真地保证，"请老婆大人放心，我一定好好照顾自己。"同时，唐平故意停顿下来，然后迅速解开盈盈的上衣。

这一次，盈盈没有反抗，任由唐平在身上奋力地"耕耘"着，完事后，才发现把最重要的安全措施给忘记了。

第六章

    总经理助理虽然还不算是真正意义上的管理层，但峨城分公司总经理只有一人，再往下就是市场部经理，总经理助理便起到了承上启下的作用，上对总经理负责，下将面对全体员工，而峨城的老总周家兴又是个甩手掌柜，他在峨城一待就是五年，已经不止一次跟市公司领导抗议要配个副职，如今正好遂了他心愿，唐平到峨城报到的第一天，他就把所有的工作都交代给了唐平，综合人事、财务、市场，老李电话里叮嘱他要带好唐平，他倒好，一点都不拖泥带水，彻底交了个精光，于是，峨城分公司出现了一个奇怪的现象，签字找唐总助，汇报找唐总助，人员安排和工资分配也找唐总助，除了每月例行的经营分析会周家兴必须亲自去一趟市公司外（当然周家兴汇报的材料也是唐平代写的），他每天的工作就是利用午休时间到办公室将所有的OA邮件全都转给唐平，等下午上班时间唐平赶到办公室时，总会发现周家兴办公室桌上的烟头才刚刚熄灭。每当夜幕降临，唐平处理完一天的工作到红水河边散步时，总能发现周家兴正在河边快走，一脸的汗水，唐平刚跟他打个照面，眨眼的工夫人又不见了，通常不超过十分钟，唐平准能接到周家兴的电话。

    "小唐啊，快过来喝酒，头桥这里，小桥流水人家烤鱼店，一帮老哥，都是我的同学，你过来我介绍他们给你认识。"

还真是，饭局上有税务的局长，有公安局的政委，还有银行的行长，有周家兴的同学，也有他的同乡，他们倒也不欺生，唐平来晚了，自罚一杯，然后每人走一圈，三十多度的米酒，他们像喝水一样，一口就干了，可苦了唐平，他总觉得那米酒有一股子怪味，几杯下去，胃里便开始翻江倒海，跑得快的时候还能赶到厕所，落得个体面，可有时候喝得急了，一时没忍住，现场直播起来，场面简直惨不忍睹，刚吃下去的烤鱼烤虾，吐得满地都是，可这还没完，周家兴喊一声老板，那烤鱼店的老板娘便拿着拖把来将地上清理干净，"兄弟，继续喝！酒量是练出来的，哥像你这么年轻的时候，一瓶啤酒都能醉，可现在能喝多少，我自己都不清楚，反正没有醉过。"

的确，周家兴的酒量到底有多少，公司里的员工谁也说不准，每次喝完酒，他都不要人送，"走了，不要管我！"他推开要扶他的人，一把抹掉额头上的汗水，头也不回地往宿舍走去。第二天傍晚，唐平照常会在河边遇到他，还是那帮人，他的同学、老乡，有时候也有代理商，甚至还有他的所谓的闺密，一些二十来岁的女孩子。"老周的生活丰富得很。"财务徐小琴告诉唐平，周家兴每年情人节都会给女员工送玫瑰花，给他那些小闺密们过生日，弄得他老婆疑神疑鬼的，经常跑来峨城查岗，"可能老周就是这种性格吧，五年了，员工们也没听说他有什么绯闻，他纯粹就是贪玩，快五十的人了，女儿都上了大学，有时候生起气来还像个小孩一样。"

很快，唐平就变成了峨城实际上的总经理，一些不是特别重要的会，周家兴也让他去帮忙代开，老员工们对他的称呼从小唐到唐总助，最后到唐总，这种细微的变化，让唐平也渐渐地自信起来。

晚上回到宿舍，唐平需要应付来自两个女人的关心，盈盈会打电话问他吃饭没有，和哪些人喝酒，然后跟他分享营业厅发生的一些趣事，比如今天来了一个老头到营业厅来投诉，刚走进大堂的时候气势汹汹，满口的脏话，摆好了一副要打人的架势，埋怨信号不好，收费又贵，还被乱开增值业务，一时间气氛十分紧张，大家又是倒水，又是安抚，弄了半天，好一番闹腾，好在那老头终于消停下来肯坐到前台，听当班的营业员给他耐心解释，可等那老头报出号码来时，一查，竟然是友商的号码！于是营业员告诉他，老人家，你走错地方了，出门，右转三百米，XX营业厅！你猜怎么着，那老头瞬间如霜打过的茄子一般蔫了下来，好半天不说话，最后气呼呼地冲出营业厅，仿佛更气了，来的时候背还有些驼，现在仿佛一下子全好了，腰杆挺得直直的，估计那个营业厅的人要遭罪了。

"营业厅说得好听，是公司对外的窗口，是形象，可谁知道很多的客户根本不问青红皂白，上来就是一顿骂，营业员被当作出气筒，被骂哭是家常便饭，还不能骂回去，所有的委屈只能自己忍受，你说你老婆苦不苦？"盈盈笑了一阵，又开始跟唐平抱怨，唐平苦笑，只好做好安慰工作，电话里的角色好像转变了，盈盈才是那个不讲理的客户。

而李舒凡通常会发短信，"楼下水果市场的荔枝已经大量上市了，我想，红水河畔的木棉花应该也开了吧？还记得南京的法国梧桐，秦淮河上的桨声灯影和从新模范马路开往仙林文苑路的97路公交车吗？宿舍到教学楼之间小山上的那些桂花开了，散发出迷人的芳香，你知道吗？那一刻，我好想依偎在你的肩膀上，让你亲吻着我的额头。正如张爱玲所说：'爱会让人卑微到尘埃里，然后开出花来。'"

唐平不知道该如何回答，天气晴好的时候，他会走到河边，去拍那些红得像血一样的木棉花，然后通过彩信发给李舒凡，他觉得自己此刻就像路遥《平凡的世界》里的孙少平一样，注定要做一个负心的男人，自己有女朋友的事情，李舒凡不可能不知道，自己或许什么也给不了她，甚至都没有能力去保护她，她到底图自己什么？唐平不敢去问，只能在两个女人之间小心翼翼地维持着。

清晨的红水河上，飘浮着一层薄薄的白雾，如一条银色的飘带悬在江上，早起的打鱼人驾着一叶扁舟沿江而下，木桨划过时泛起一道道鱼鳞般的波光，在晨曦中仿佛一幅绝美的山水画。

唐平像平常一样准时到公司打开一楼的卷帘门，然后等员工到齐后组织召开每天的例会，安排布置当天的工作，渠道、促销、客户维系、投诉处理、基站建设，员工们也习惯了他的工作作风，干净利落，绝不拖延，例会一般四十分钟结束。

刚开完会走出会议室，他就接到了代理商陈老板的电话。

陈老板是浙江人，地道的温州口音。

"唐总啊，晚上有没有时间呢，我在公司对面的牛肉馆订了个位置，我要向你汇报一下最近的工作。"

"陈老板太客气啦，有什么事情电话里也可以说。"虽然互相都很熟，但唐平还是客气了一下。

"还是要当面讲的啦，电话里说不清楚呢，下班就直接过来，你一个过来啊。"陈老板搞得很是神秘。

唐平去了附近的两个乡镇转了一圈，了解了一下乡镇最近的发展情况，一看时间差不多，便往县城里赶。

　　在牛肉馆二楼的包房里，果然只有陈老板一个人。

　　刚一落座，陈老板就从上衣口袋里拿出一个信封放到唐平面前。

　　"唐总，一点小小的心意，希望不要推辞啦。"

　　唐平知道信封里装着什么，可他还是愣住了，容不得他考虑，陈老板已经将信封塞到了他的裤袋里。

　　"喝酒喝酒，唐总年轻有为，刚工作就做了领导，日后一定步步高升。"

　　陈老板是典型的浙江商人，一看就精明得很。

　　"无功不受禄，再说，为你们做好服务，本就是我分内的事情。"唐平这才反应过来，连忙推辞。

　　可陈老板哪里给他机会，"若再客气就是不给老哥面子了，做生意的人讲究滴水之恩当涌泉相报，唐总来这段时间，凡事亲力亲为，在您的督促下，渠道管理员也非常认真负责，店里的生意比之前好了不少，再说了，唐总要想提拔，上下打点请客送礼花钱的地方肯定不少，光靠工资哪里够，所以务必收下。"

　　唐平哪里见过这种场面，一时间也不知该如何拒绝，便权且暂时收下，陈老板这才高兴起来，连连举杯，饭后，陈老板还安排二场。

　　KTV里，周家兴似乎是这里的常客，他所谓的闺密早已经坐在他的旁边，和他划起了酒拳。

　　分公司的几个小伙子异常兴奋，平时都是自己买单，好不容易有人请客，自然要珍惜机会。

唐平坐在角落里，眼前发生的一切仿佛与他无关，陈老板劝了几次，他只好装死。

　　周家兴摆了摆手，安排两个人送唐平先回去休息。

　　唐平靠在车子的后排，他拿出手机，只见盈盈发来一条消息。

　　"老公，我怀孕了！"

　　唐平瞬间清醒，他揉了揉眼睛，确认无误后，他拨通了盈盈的电话。

第七章

验孕棒上两条清晰的红线，再加上盈盈呕吐恶心的症状，盈盈确信自己是怀孕了。

周末回到市里，唐平陪着盈盈到妇幼保健院去做了个B超，报告显示已经有了胎芽，怀孕时间大概为六周左右，看到这个结果，唐平百感交集，既喜又忧，喜的是自己马上就要当爹了，忧的是每个月的工资还完助学贷款，刚好勉强能够维持两个人的生活，盈盈家早就催着两人赶紧把婚宴办了，也好了了一桩心事。

这段时间，两家人正为彩礼的事情争执不下。

"不要十八万八，也不要八万八，只需六万八，你们就把人带走！"盈盈的父亲表现得很干脆。

"我咋感觉有点像电视里卖东西一样，还六万八，干脆把我拿去卖了得了。"

不要说六万八，就是六千八，此时的唐平也拿不出来。

"不要钱，倒贴给你要不要？"盈盈正为彩礼的事情心烦，唐平还在一旁说风凉话，心中一股无名之火腾起，让盈盈恨不得给唐平一巴掌。

在彩礼的事情上，两家互不相让，正僵持不下，这倒好，意外的情况发生，唐平直接将生米煮成了熟饭。

唐平心里七上八下，拿不定主意，只好把情况对两家的老人如实相告。

盈盈是独生女，柳家本想风光嫁女，无论如何要把事情办得隆重些，可如今事已至此，彩礼的事只好先放到一边。几天过后，盈盈传出话来，由唐平爸找个媒人上门提亲，说是提亲，也只是到女方家告知一声，同意与否已经无所谓了，到了这个节骨眼上，柳家压根就没了讨价还价的余地。

日子很快确定下来，迎亲车队打头的是一辆黑色的吉利帝豪轿车，后面跟着七八辆小面包车，全是花钱去镇上租来的，最后面的一辆公交车上，挤满了去接亲的人。唐平跟徐鹏借了一万块钱，两个新人才各自买了一身像样的衣服，又置办了一些床单被褥。出嫁前，盈盈到镇上盘了个头，画了个花似的新娘妆，一阵唢呐声响起，喜庆的新娘便上了轿，乐队的师傅们一路上卖力地吹吹打打，好不热闹，那些接亲的车辆在蜿蜒的盘山路上你追我赶，头车司机仿佛是提前商量好了的，遇到有路口和有桥的地方便会故意放慢速度，等着后面的车将其拦住，向新郎新娘讨要红包和喜烟。

一路上走走停停，十几分钟的车程，硬是走了一个多钟头，好在红包多准备了些，这才避免了一场尴尬，一场婚礼办得跟山大王娶压寨夫人似的。大路离唐平家还有些距离，下车后只能徒步前行，送亲客们坚持要唐平把新娘背到家，那是一段上坡路，又是三伏天，新娘趴在身上，唐平迈着沉重的步伐，像牛一样大口喘着粗气。等进了院子，将新娘放下来，唐平感觉自己整个人都虚脱了。

拜天地，入洞房，一整套流程走下来，唐平便完成了人生的第一件大事。望着身边熟睡的女人，唐平觉得自己肩上的担子一下子沉重起来。

第二天回门，经过镇上的时候，天现异象。起初，晴空万里，看不见一丝云彩，突然间，整个天空就暗了下来，四下里变得一片漆黑，伸手不见五指，不一会，苍穹之中好似出现了一轮皓月，这个月亮四周，繁星点点，将脚下的路照得很亮，慢慢地，空中出现了一丝亮光，太阳光开始显现，没过多久，云层中射出来一道强劲而刺眼的光芒，月亮和星星逐渐在天空中消失，阳光重新普照大地。

整个过程持续了大概十几分钟，所有的人都被这诡异的一幕惊呆了。

"这是否预示着我们生活的黑暗即将结束，幸福的时光即将来临呢？"唐平喃喃自语。

盈盈正惊魂不定，听唐平这么一说，立马放松下来，连夸唐平不愧是文艺青年，全身上下都长满了"文艺细菌"，能将这两件完全风马牛不相及的事情联系到一起。

"但愿吧，希望我能跟着你过上几天好日子。"

回到西江，唐平又邀请了单位的领导和同事，这一次，档次稍微提高了些。晚上回到宿舍清点红包，除去成本，竟然还小赚了一笔，唐平决定给盈盈买一枚金戒指，盈盈有些舍不得，但还是拗不过，毕竟结了个婚，手上过于光滑，在同事面前也不好交代。

结婚的事暂时告一段落，唐平又回到了峨城。

红水河畔的木棉花已经谢了，城中人行道上的杧果树青了又黄。

盈盈的肚子一天比一天鼓，到最后走路都看不见自己的脚，唐平只好让她请了假，两边的老人纷纷从老家赶来，期待着共同见证这激动人心的时刻。

中秋节公司发了六百元的购物卡，唐平去白马街的商场全都换成了婴儿用品，小衣服、尿不湿、奶瓶、婴儿小推车，超市的东西不贵，林林总总的拖回来了几大包，本就不大的宿舍被挤得满满当当的，连走路都要侧着身子才能通过。

盈盈很快住进了医院，预产期定在三天后。

"我算过了，未时出生最好，酉时勉强，但千万不能在辰时，你去找医生商量一下。"为了孙子能在一个良辰吉时出生，唐父可谓是操碎了心，他让唐平去找主刀医师商量，商量没成，反倒被医生一顿奚落。

"能给你排上号就不错了，还要挑时辰，真是稀奇。"

在漫长的等待过后，儿子终于出生了，唐平给儿子取名叫唐亦轩，这也算是赶了一回时髦，二十一世纪出生的小孩，家长们都喜欢取名叫什么子涵、子轩、梓荫，显得家长们很有文化和内涵。

小亦轩被护士抱出手术室，双手递给唐平，唐平仔细查看着，眼睛和眉毛像他，鼻子却随他妈。从手术室到产房的路上，亦轩的奶奶屁颠屁颠地跟在后面，脸上乐得开了花，逢人便说，我家蛮孙可压秤了，净重七斤八两，只剩下老岳母一人眼巴巴地守在手术室门前。

好在母子平安，没几日盈盈便下了床，能够搀扶着下地活动了。出院那天，唐平却不见了，连交费和办手续都是分公司财务徐小琴帮忙操持的。唐平去省城考试去了，MBA的全国统考，为此他已经准备了大半年，背单词，刷题，当同事们喝完酒回去呼呼大睡的时候，唐平正躲在宿舍里紧张地复习，数学、英语和综合，大学时上课就没认真听讲，毕业后更是从来没看过书，虽然有些基础，但真正重新捡起来的时候还是感觉十分吃力。

盈盈迈着蹒跚的步伐走出医院的时候，唐平正好结束了最后一门的考试，徐鹏听说他上来考试，早在考点附近安排了一桌好菜要提前预祝他金榜题名，状元高中。

唐平哪有心思吃喝，心早就飞回了西江，无奈之下，只好一切从简，唐平以茶代酒，简单扒拉了几口，便起身告辞。徐鹏没有尽兴，便将这顿饭记在唐平账上，让他下次再来省城时加倍补偿。

临走，徐鹏告诉唐平一个消息，听说李舒凡准备借调去管局了，问唐平是否知晓。唐平还真不知道，前几天他跟李舒凡还有联系，可除了和他探讨复习的内容以外，李舒凡并没有透露其他的事情。

回西江的大巴上，唐平给李舒凡发了个信息，询问她关于借调的事情，李舒凡显得十分平静。

"借调去管局是爸爸帮忙联系的，之前一直没有确定，没有尘埃落定的事情，何必四处宣扬。"

"那倒也是。"唐平回道。

儿子出生的事情，还是过段时间再告诉她吧，唐平心里想，他怕李舒凡知道了会有什么想法，决定暂且隐瞒不报。

"考得怎么样？"李舒凡问他。

"没有十足的把握，题都答完了，只是英语还有些没有把握，随他呢，反正又不影响正常的工作，大不了明年再来。"

"也是，以你的能力，我相信一定能成。"

"谢谢。"

"走了？"李舒凡突然问了这么一句。

"走了，在大巴车上。"

"这么匆忙？"看得出来，李舒凡的语气有些怪罪的意思。

"请假来的，晚上还要赶回县里开会。"

"什么时候再来？"

"什么时候？也许很快，谁知道呢？过几天。"可过几天到底是几天？唐平也说不清楚。

"哼，讨厌鬼，再不理你了。"李舒凡有些生气。可才过一会儿，她又发了一条短信过来。

"坐车注意安全。"

这一次的过几天，确实没过多久，小亦轩刚满月，就出现持续发烧的症状，在县医院和市里的医生看了，都说是普通感冒发烧，可一连输了十天的液，高烧还是反复，市医院的医生才说，怕是染上了什么传染病，建议去省城的大医院看看。

唐平只好给李舒凡打电话，告诉了她实情，请她帮忙联系一下医院。有些出乎意料，李舒凡竟没有生气，很快便帮他问好了，医科大附属医院，她刚好有个同学在里面的儿科，号已经帮他挂好了，明天一早她便带他们过去。

几个月不见，李舒凡变得有些丰满了，两个女人见面，刚开始唐平还有些尴尬，可才一会儿，好像就没有他什么事了，李舒凡抱着小亦轩使劲地亲，带着盈盈在收费室和诊室之间来回穿梭，很快检查的结果出来了，百日咳，需要住院治疗，预交治疗费三千。唐平身上带的钱不够，李舒凡很快从钱包里掏出一张卡递给收费员。

"先刷我的。"

"怎么好意思？"唐平显得有些窘迫。

"好歹我也是小亦轩的干妈，有什么不好意思？是不是，儿子？"她又亲了一下亦轩的脸。

什么情况？李舒凡怎么就成了自己儿子的干妈了？唐平一脸的疑惑，完全没搞懂状况，看来李舒凡已经彻底把盈盈策反，并成功打入了敌人内部，而自己却变成了孤家寡人。

"爸爸经常夸奖你，说你发给他的工作总结写得不错，很有想法，还要我向你学习呢。"中午吃饭的时候，李舒凡笑着对唐平说。

"真的假的？李总平时很严肃，我从来没听他当面夸过人。"唐平表现得有些惊讶。

"哪有领导当面表扬人的？那你还不尾巴翘到天上去？"盈盈在一旁解开上衣，开始奶孩子，小亦轩贪婪地吮吸着，早上刚输了液，孩子的体温已经降了下来，食欲也大增，盈盈感觉自己的奶头被咬得生疼。

"是不是长牙了？"她问唐平。

"哪有那么快？"唐平笑道。

"这几天你们就在医院安心待着，吃饭的时候我给你们送过来，孩子要吃奶，盈姐的身体也需要补充营养，路边的快餐一定要少吃。"

盈盈正要客气，李舒凡已经拎起包出了病房门，"有事打电话。"

她将右手比成电话状放到耳边，然后说了声"拜拜"便走进了电梯。

"你这同学人太好了，等以后有了钱一定要好好感谢人家。"盈盈说。

见唐平反应有些迟钝，盈盈揪着他的耳朵扭了一圈。

"唉，你真是笨得像头牛，一点都不懂得人情世故。"

第八章

"这个钱，你看怎么办？"唐平犹豫再三，还是决定将陈老板送钱的事情告诉盈盈。

"退回去！"盈盈的语气十分坚决。

"糊涂！你的人生就值这区区一万块钱？我们穷归穷，但不该拿的钱坚决不能拿，这笔钱的确能解当前的燃眉之急，儿子的奶粉，你的学费，目前都还没有着落，可谁知道这陈老板又安的是什么心？"

还是在牛肉馆，唐平将信封还给陈老板的时候，陈老板的表情有些难看，在他看来，从来就没有对钱不感兴趣的人。

"唐总，你是不是嫌少？"陈老板还在做最后的努力。

"陈老板，你这样讲就没有意思了。为你做好服务，是我的本职工作，我们之间的感情千万不能拿金钱来衡量。"盈盈在家里对唐平交代的话，唐平原封不动对陈老板讲了一遍，既对陈老板有了交代，又不至于伤了和气，驳了陈老板的面子，让他下不得台来。

"唉，好吧，我果然没有看错，唐总不同于其他人，再加上你这位贤内助，今后想不出人头地都难。"

陈老板说的当然都是客套话，或许他跟每个人都会这样说，商人的圆滑和世故，唐平曾在一些小说和电影里看到过，可现实生活中还是头一回见识。

"陈老板放心，就算是你一杯水也没请我喝过，我依然会一如既往地把工作搞好。"

见唐平不是说笑，陈老板才收回了信封，装进了随身携带的手提包里。

"这顿饭必须由我买单。"

这一次，唐平没有推辞，钱原路退回，唐平的目的已经达到，再坚持就显得过于生分了，毕竟有些工作也还得需要陈老板配合。

吃过晚饭，陈老板提议继续唱歌，唐平婉言拒绝了，毕竟老婆好不容易来一回峨城，怎么也要陪她领略一下红水河迤逦迷人的风光，陈老板心领神会，也就不再强求。

唐平开着车沿着曲折的盘山公路爬上了县城后面的山顶，县城的全景一览无余，尽收眼底，红水河穿城而过，如一串晶莹剔透的珍珠镶嵌其间。华灯初上，整个县城显得更加的妖媚动人。山的另一边就是万丈深渊，悬崖峭壁如巨斧劈过，俯首望去，不禁令人胆战心寒。再远处，就是红水河的上游，沿河而上，一直通往黔阳。

小亦轩彻底康复了，盈盈又重新回到营业厅。营业员的工资低得可怜，除去五险一金，到手还不到一千块钱。在峨城的时候，盈盈跟唐平提出想要辞职，唐平没有同意，只是让她再等等，可还要等到什么时候，唐平没有说，只是让她再坚持一下。

盈盈有些生气，自己一个人白天上班，晚上还要带娃，实在是分身乏术，儿子一个晚上要吃三四回奶，弄得她疲惫不堪，白天上班都打不起精神，好几次冲客户发火，都已经被投诉了。

好在很快有了转机，覃红向李总提议在市场部增配一名副职的意见得到了通过，选来选去，覃红向老李建议将唐平调回到市公司，唐平有基层经验，有头脑也有思路，做方案和经营分析都是一把好手。

新的任命文件下达，人力的魏经理电话通知唐平。

"周一前到市公司报到，抓紧做好县公司的工作交接。"

周家兴痛失一员大将，在市公司征求意见时死活不肯放人。

"不同意，坚决不同意！当然，如果是提拔的话，我没有意见。"周家兴将手机按成了免提。

"嘘。"周家兴示意一旁的唐平不要出声，电话的另一头，是市公司的老李。

"组织已经决定的事情，由得你讨价还价？"老李先十分严肃，紧接着话锋一转，缓缓说道，"你放心吧，肯定是提拔，你这小子，没想到还这么护犊子。"

"这是啥话？什么叫护犊子，这就好比养花一样，明明是我天天施肥浇水，好不容易等到要开花了，你们倒好，也不跟人商量一声，就把花给抱走了，连盆也不给我留下。"

"说你胖你就喘，给你点颜色你就想开染坊，你小子越来越带劲了是吧！"周家兴在这边不住地唠叨，老李终于听不下去了，便及时打断了他的话。

"一天，就给你一天时间，赶紧交接，后天老老实实地把人给我送上来。"

不仅如此，老李还答应再给他配一名助手，周家兴这才罢了，并亲自开车送唐平回到市里，自然又是一场"血雨腥风"的接风宴，周家兴和覃红在酒量上可谓旗鼓相当，谁也不服谁，其他人都举起了白旗，他俩却正在兴头上。

"两兄弟呀，实在好啊，五魁首哇，七巧巧……"

唐平重回市场部，协助覃红分管2G业务，连续熬几个通宵，终于把岁末年初的方案发了下去，紧接着资源匹配，广告宣传，方案宣讲，落实进度督导，唐平脚不沾地跑遍了所有的区县。县道上，进城的高楼墙体，公交视频，渠道的门头上，似乎只要人们能够看到的地方，全都是几大运营商的广告。

"回家就用XX卡，选一选，看一看，还是XX最划算。"

"XX信号好，用了就知道。"

几家运营商的市场部门八仙过海，各显神通，老百姓看得眼花缭乱，不知如何是好。广场上，车站门口，农贸市场，只要人多的地方，就有运营商的摆台促销，各种礼品堆积成山，可把用户给乐坏了，上个月还是你家的用户，今天刚好遇到有活动，一时冲动又换成了他家的卡，用户就如那水里的浮萍，随波逐流，更似那墙头的野草，风吹两边倒，没有一点忠诚度可言。等到活动结束一盘点，才发现成本用了一大堆，收入并没有增加多少。春节过后，返乡人群呼啦一下回城，用户规模和收入又被打回了原形。

忙过了一季度，天气逐渐回暖，西江化工和西江水泥厂被分别停产和搬离，城区的空气质量终于得到了改善。小亦轩也得到了解放，包裹在身上的厚衣服一天天减了下来，奶奶将他放到地上，他便像那离弦的箭，一下子从客厅蹿到卧室，一下又跑到了阳台，养了一个冬天的膘，脸变得比盘子还圆，脖子也不见了，洗澡的时候需要用力把头掰开才能看到里面的污垢，那一双小短腿，肥得像一截一截的血肠。

"确实如医院宣传的一样，婴儿最好的食物是母乳。"此时的盈盈像极了一头壮硕的奶牛，一双奶子涨得仿佛充了气似的，好像一不小心就会爆炸，有时候小亦轩吞咽不及，被呛得眼泪哗哗的，那一张小嘴委屈得撅起来，真是个小可怜。

唐平将儿子抱在怀里亲了又亲，始终舍不得放下。

"给我吧，再不走就要迟到了。"盈盈伸出手将儿子接过去，催促唐平赶紧去车站。

"那我走了，儿子，爸爸要去学校喽。"唐平背起背包，小亦轩还以为唐平在逗他，咯咯地大笑着，开心得手舞足蹈，唐平下了楼，好半天，才听得楼上传来小亦轩号啕的哭声。

第九章

上车前，唐平给李舒凡发了个信息。

"我七点到站，一起吃个饭。"

很快，李舒凡回了个OK的表情。

"我来车站接你。"过了一会儿，她又补充了一句。

客车一路上风驰电掣，从西江到省城坐车要三个小时，车上的人全都在呼呼大睡，可唐平却怎么也睡不着。

这几个月来发生的事情如电影般在脑海中一幕幕闪过。

结婚，生子，职务晋升，然后又顺利通过MBA的考试，公司不仅补助了一万块钱，老李还签字同意财务借了他三万块钱的学费，及时雪中送炭解了自己的燃眉之急，自己住的宿舍也从六楼的一室换到了四楼的两室一厅，日子虽然过得清苦，但总算有些盼头了。

小亦轩住院时李舒凡垫付的医药费，唐平出门时盈盈再三交代他，这次一定要还上，三千块钱可不是个小数目。

一想到还钱，唐平不由得想起当初在医院的情景，他一直没弄明白，李舒凡是怎么一下子就成了自己儿子的干妈，当时那两个女人之间到底交流了些什么内容，出院之后唐平没问，盈盈也没说，反正自那以后，李舒凡便三天两头打电话来询问小亦轩的情况，"我儿子长高没有？""会走路了吗？""长牙齿没有？"甚至过年前还寄了两套小衣服，说是给她儿子买的新年礼物。

"你那同学人真好。"盈盈不止一次当着唐平的面夸李舒凡，"人漂亮，性格又好，还会写文章，有文艺情调，是个才女。"

如果盈盈知道了自己和李舒凡之间的秘密，她还会这样说吗？想到这里，唐平不禁有些后背发凉，车厢的空调开得很足，他却突然间惊出了一身冷汗，唐平感觉自己好像在悬崖上走钢丝，稍不留神便会一脚踏空，摔个粉身碎骨。

天色渐暗，唐平走出车站，李舒凡早已经等候在出站口。

"想吃什么？"上了车，李舒凡问他。

"你是地主，你说了算，不过先讲好，买单我来，不准跟我抢。"唐平笑道。

"哟，发财了？这么豪气！"

"发什么财，我穷鬼一个，你又不是不知道，学费还是你爸签字借给我的呢，但每次来省城都是你请，你让我一个大男人情何以堪？"

"呵呵，好吧，那我得好好想想。"李舒凡沉思片刻，然后一脚油门右转上了高架。

东大和师院中间只隔了一道墙，往里是一条长长的巷子，人称堕落街，堕落街里吃喝玩乐一应俱全，小吃摊、大排档、酒吧、旅馆，你能想到的应有尽有，傍晚时分，学生们全都涌到这里，巷子里人山人海，将这条本就狭窄的小巷子挤得水泄不通，李舒凡拉着唐平的手一直往里走。

一家空中花园餐厅，他们坐在二楼观景露台，俯首望去，相思湖畔两个校园的景色一览无余，尽收眼底，落日的余晖映得远处的天空一片绯红，比起小巷里的嘈杂，这里却显得十分幽静，让人仿佛置身在另一个世界，餐厅的布置也很浪漫，典型的欧式风格，复古的装修，暖黄色的灯光，别有一番风味。

餐厅里循环播放着一首感伤的英文歌曲。

fire can't burn in my eyes

if without your smile

snow can cover your smile

……

why do I see a sad

a sad me in your eyes

why do I see a sad

a sad me in your eyes

……

李舒凡拿起菜单，"两杯拿铁，一份牛排七分熟，一份鲜果海鲜沙拉，再来一份意大利面。"甜点是餐厅免费赠送的，服务员点了一支蜡烛，李舒凡让服务员开了一瓶长城干红，给两人各倒了一杯。

"来，新年新气象，为你的新学期喝一个。"李舒凡举起酒杯，轻轻抿了一口，脸很快变得有些粉红，在烛光的映照下十分迷人，唐平看得有些出神，一时竟忘了吃东西。

"真是个呆子！"李舒凡噗的一下笑出声来，"你不是饿了吗，咋不吃？"

"秀色亦可餐哪，有美人、美景，美食只能屈居第三了。"唐平笑道。

"油嘴滑舌，坏人。"嘴上说着，李舒凡心里却是暖洋洋的。

旁边是一对学生模样的情侣，从校服可以看得出来，一个是东大的学生，一个是未来的女老师，女生叉起一块牛排，喂到身旁男生的嘴里，那男生将女生一把抱住，朝女生脸上狠狠地亲了一口。

"好恶心！"李舒凡轻声说道，"你们男人是不是都是色狼？"

"胡说，我可是正人君子。"唐平突然装得一本正经。

"哈哈，你不要逗我笑。"李舒凡突然大笑起来，旁边那两人瞬间投来异样的眼光。

"嘘！"唐平示意李舒凡适当收敛一些。

"跟我说实话，你们班上有没有你喜欢的美女？"李舒凡突然问。

"美女没有，阿姨倒是不少，要不要我带你去看看？"李舒凡挖了个坑，唐平轻轻松松跳了过去。

"说个正事。"唐平用纸擦了一下嘴，缓缓说道，"上次在医院你垫付的钱，我还给你。"说着，唐平从口袋里拿了一沓钱递给李舒凡。

"扫兴！"李舒凡脸色一变，有些生气。

"有借有还，再借才不难嘛。"唐平把钱推到她面前。

"难道亦轩不是我儿子？就当是我给他的压岁钱。"李舒凡把钱挡了回去。

"不行不行，压岁钱给个一百两百就好，哪能要这么多？"唐平近乎哀求的语气。

"矫情，再这样我生气了！"李舒凡决定不再理他。

唐平没了辙，只好作罢，心想另寻机会再还给她。

街上依旧人潮汹涌，买了单，两人走出堕落街，李舒凡深深地吸了口新鲜空气。

"我们去压东大的马路怎么样？"李舒凡提议。

"好啊。"唐平应和道，心里却在想万一遇到同学咋办？

校园里树影婆娑，月光透过树叶的缝隙洒下来，在地上形成了无数白色的光斑。路上不时有车辆经过，李舒凡挽着唐平的胳膊，像小鸟一样依偎着。

"如果，我是说如果，大学的时候你胆子大一点，我们会不会已经那样了？"李舒凡问。

"哪样？"唐平明知故问。

"像你和盈姐那样，结婚，然后有了小孩。"李舒凡明明知道唐平在装憨，干脆直接把话挑明。

"可我那时候还是个潦倒的穷书生，连吃饭都成问题，哪敢去想那些事情？"唐平说的是心里话，要不是国家有助学金，或许上大学都是一件遥不可及的事情。

"哼，爱情是能用金钱来衡量的吗？我又不是拜金女。"

是的，当初他们因为共同的爱好相识，她欣赏的是他的才华。而他却始终有一种无法言语的自卑感，这种自卑感在他上中学的时候就已经有了，父亲每周只能给他一块钱的生活费，可早餐吃个豆沙包就要五毛钱，于是他每周一定会有三个早晨饿着肚子一直撑到中午，正是长身体的时候，唐平常常会饿得头昏，甚至浑身冒虚汗，让同学和老师误以为他是生病了。

营养跟不上，要不然至少能长到一米七，唐平常常为自己一米六五的身高找理由开脱。

中学时的同学大多来自农村，大家还没有那么大的差距，可到了大学，身边的同学大多家境殷实，一到周末不是去聚会，就是去逛街购物，甚至还有人花六七百块钱去看明星的个人演唱会，而唐平只能一个人窝在寝室，泡图书馆，看书，写小说，也许只有这样他才能为自己找回来那么一丁点的信心。

东大的校园很大，至于大到什么程度。

"你知道吗？有一段时间，东大的校园BBS上曾经流传着一个段子，说北区的保安大爷和南区的宿管阿姨分手了，因为他们接受不了异地恋。"唐平笑道。

"哈哈，你就吹吧。"李舒凡笑得直不起腰来，"还保安和阿姨，我看你是童话小说看得有点多了。"

走累了，两人在翠湖边找个地方坐下来，晚风吹拂着李舒凡一头飘逸的长发，散发出阵阵迷人的香水味，沁人心脾。

"今晚去我家住。"李舒凡突然冒出来一句话，把唐平吓了一跳。

"没事，我爸妈旅游去了，要下周才回来，家里就我一个人。"见唐平没有说话，李舒凡又补了一句。

第十章

唐平白天上课，晚上和周末班的同学到堕落街的酒吧里去吃烧烤喝啤酒，有时候徐鹏也会安排，喝酒唱歌，唐平喝醉了，徐鹏把他往出租车上一丢。

"东大，麻烦了师傅。"

学校没有给周末班的学生安排寝室，这可把唐平害惨了，出租车直接开到东大正门，下了车，唐平半天回忆不起自己住的酒店在哪里，只好围着东大转圈，一直转到第五圈的时候才终于想了起来。回到酒店，唐平倒头就睡，一时竟忘了关窗户，夏天的省城那叫一个热，第二天回到家里，盈盈问他到哪里鬼混去了，怎么脸上到处都是密密麻麻的小红点，唐平这才觉得有些疼，原来是被蚊子全身上下"洗礼"了一遍。

"也不知道那些蚊子有没有醉倒？"唐平苦笑。

二季度的用户发展和收入全都陷入了低谷，西江已经被省公司连续督导了两周，老李有些着急，连续组织召开了好几次会，接着又马不停蹄地到各个分公司调研，一线也加大了促销力度，可还是没有什么起色，整个市场部被一股愁云笼罩着，覃红也好几天没有按时下班回家了，办公室里灯火通明，讨论，做方案，出政策，可这些年，几大运营商玩来玩去，也就那些老套路，存话费送手机，开户入网送礼品，摆摊设点搞促销，除此之外，还能玩出什么新花样来？

覃红的脸越来越难看，老李说话也不那么客气了。

"再不止跌回升，省公司就要拿我是问了，在省公司干掉我之前，我先把你们干掉。"老李来西江也有些年头了，很少有人见他如此失态，这一次，真是到了火烧眉毛的地步。

"小唐，你年轻，脑子灵活，你好好想想，就当是帮帮你覃哥。"覃红如热锅上的蚂蚁，急得团团转。

回到宿舍，盈盈也不停地抱怨。

因为业绩不好，营业厅又被扣了绩效，再这样下去，儿子的奶粉可能就要断顿了，营业厅已经有两个营业员辞职，可人家钓到了金龟婿，老公是搞工程的，当老板做生意，养得起一家的妻儿老小，也不差这一小点工资。

腹背受敌，唐平如坐针毡，只好打开电脑，看能不能上网去找到出路。

突然，QQ里有人申请加好友，唐平点了验证通过，不一会儿，一个自称老胡的人便和他聊上了。

"兄弟，有没有卡卖？"对话框里跳出来一段文字。

"什么卡？"唐平有些莫名其妙。

"手机卡，要短信包多的那种。"老胡开门见山。

唐平看明白了，对方要的是公司专门针对年轻人开发的一款套餐，三十元包六百条短信，五十包一千二百条短信。

打电话有漫游费，而短信不存在，这种卡在沿海经济发达城市特别畅销，客户主要是酒店和娱乐场所或者银行保险甚至商场物流一类的公司，他们给客户群发短信，或做活动通知，或用于客户邀约，于是短信卡应运而生，但由于是一次性的客户，很多公司在业绩完成较好的情况，对于短信卡的开户会持十分谨慎的态度。

"这正是瞌睡遇到枕头，正合我意。"在弄清了老胡的意思后，唐平立即向覃红请示，覃红又把这情况向老李做了汇报，很快，意见下来了。

"可以试一下，但绝不能倒挂。"覃红所说的倒挂，即收入减去成本必须为正，为负即是倒挂，这是公司经营的底线。

老胡早已等候多时，几个回合下来，双方便谈好了价格，老胡很快将钱转到了唐平的支付宝，唐平到银行把钱取出来交给盈盈，楼下营业厅加了整整一个通宵的班，老胡要的卡便邮寄了出去。

形势一下便扭转了过来，虽然是短期行为，可白猫黑猫，只要能够完成任务保住位子保住绩效就是好猫，当然，这可不是什么光彩的行为，有成本换收入的嫌疑，青黄不接的时候适当打一下擦边球，如过度依赖，负面影响不可小觑。老李指示，"要适可而止，正常的生产经营必须要抓牢抓实，渠道建设、宣传促销务必发扬铁脚板精神，沉下来，走出去。"

几个月后，便迎来了校园营销的旺季，短信卡的使命便告一段落，然而唐平却因此发现了商机，他想办法弄到了全国各地运营商领导的联系方式，然后像老胡一样和他们讨价还价，果不其然，经营发展遇到困难的公司大有人在，唐平变成了一个短信卡的二道贩子，他收了老胡的钱后，便通知上家开卡发物流，等老胡确认收到后，再将钱转给上家，每张卡赚取两三块钱的差价，可别嫌少，每个月从唐平手上经过上万张卡，所谓薄利多销，唐平很快变得阔绰起来，主动联系他走卡的人络绎不绝。下班后，唐平的生意才真正开始，电话、QQ、物流，唐平已经彻底转变成了一个生意人。

两个月后，盈盈从营业厅辞职，全权接手唐平的"生意"，营业员的身份让她更是如鱼得水，在与上家和老胡的谈判过程中，更能把握目标客户的心理，中间的差价往往能在唐平的基础上翻好几倍。

生活一下子富裕起来，唐平和盈盈去了一趟省城，开回来一辆黑色的大众帕萨特轿车，停在公司楼下的篮球场上，十分显眼，下了班，男人们从四周围了过来，唐平打开车门，站在一旁心安理得地接受着同事们羡慕而又嫉妒的眼神。

回忆起半年前唐平和盈盈带着小亦轩回老家过年，从村里开到镇上的公交车还没到站，就早已经被人挤到爆炸，唐平在站里足足等了两个小时，最后也没能挤到车上，寒风中，三人冻得瑟瑟发抖，最后实在没了办法，只好拖着行李一路走回去，等回到家里，早已是伸手不见五指。

有朝一日，一定要买一辆好车，唐平暗暗发誓。

如今，他不仅买了车，还首付在西江开发区的六十米大道上买下一套房，三室一厅一厨一卫。

总算是苦尽甘来，唐平开着新车到东大上课，他拉着李舒凡绕着相思湖兜了一圈，然后到国贸挑了一支香奈儿口红和一瓶雅诗兰黛的香水作为礼物送给她，也算是还了她一个人情。

"你是不是干了什么违法乱纪的事情了？"如此贵重的礼物，让李舒凡觉得有些不大真实，直到唐平再三以人格担保，她才同意收下。

"你可千万别干傻事，贪污是要坐牢的。"李舒凡反复叮嘱，生怕他误入歧途。

"君子爱财，当取之有道，我是什么样的人你还不了解？"唐平用手拍着胸脯。

"好吧，暂且相信。"话虽如此，可李舒凡还是有些不放心，又给他做了好半天的警示教育。

李舒凡已经正式调到省通信管理局下属的专用通信局，主要负责政府领导及政府重大活动的通信网络保障工作，虽然需要经常下到各个地市出差，但毕竟不像运营商需要背负各种复杂的经营任务和考核指标，工作压力要小了许多。

第十一章

魏经理来电，让唐平抓紧回公司，李总要找他谈话。

唐平心里一惊，难道是倒卡的事情被公司发现了？可他自认为做得天衣无缝，难不成是买房买车引起别人的注意，又或许是盈盈不小心说漏了嘴，让人抓住了什么把柄？

看来做人还得低调！

唐平一路小跑进了办公室，赶紧拿了个笔记本上楼。

魏经理和李总早已等候多时，唐平敲门进来，李总示意他坐下，唐平有些忐忑，心里做好了被批评的准备。

魏经理先开口说话。

"小平同志，恭喜你。"

"恭喜！何喜之有？"唐平丈二和尚摸不着头脑，一脸的疑惑。

"公司准备派你去峨城主持工作，今天是领导找你谈话。"魏经理揭开谜底，唐平长长地舒了一口气，状态瞬间轻松下来，原来如此，魂都差点吓落，这种好事，咋不早说？害老子虚惊一场，唐平在内心暗暗地骂魏经理不够兄弟。

谈话正式开始，周家兴年纪大了，即将退居二线，峨城今年以来发展一直萎靡不振，急需有人去当救火队长，经过组织研究，决定任命唐平同志担任峨城分公司总经理，全面主持峨城工作，希望唐平同志不要辜负公司党委的厚望，迅速进入角色，在最短的时间内带领峨城走出低谷，争取在年底再上新的台阶。

谈话结束，魏经理给了唐平一天的时间做工作交接，同时让他回家给老婆做好思想工作。

唐平第一时间给盈盈报了个喜，然后给梁副总、覃红、韦主任等一干领导逐个打电话。

"晚上庄园村酒楼，不醉不归。"

小亦轩几个月前就被奶奶背回了老家断奶，盈盈决定跟着唐平一道去峨城，两人去农贸市场买回来几个大号的编织袋，将被子衣服一股脑全塞了进去，这一去不知道何时再回来。

"锅碗瓢盆就不带了，周家兴留下了一大堆。"徐小琴再三提醒，尽量轻装上阵，洗衣机冰箱空调啥都有，用她的话说，只要带个人去就行。

"你别听她吹，当家才知柴米贵，该带的还是带上，免得再花钱买。"直到后排座位都挤满了，盈盈这才罢休。

"应该差不多了。"天花板上的晾衣竿由于太长，实在无法塞进车里，盈盈有些遗憾。

"唉，真是浪费。"

唐平笑她恨不得把家搬空，盈盈不以为意。

"你们男人站着说话不腰疼，到时候你就知道了。"

收拾停当，最后只剩下一床留来晚上睡觉的被子，一看时间差不多了，两人赶紧往庄园村酒楼走去。

梁副总坐主位，其他人依次排开，今天唐平是主角，自然被推举出来提第一杯，唐平要谦让，被梁副总制止了，唐平只好恭敬不如从命。

一番感谢之后，众人举杯一饮而尽，酒过三巡，酒桌上立马沸腾起来，众人轮番向他表示祝贺，唐平有些招架不住，盈盈一看不对劲，也只好举杯加入混战，她那点小酒量，哪里经得住飞机大炮的狂轰滥炸，最后两人双双壮烈"牺牲"，唐平像一摊烂泥倒在房间的沙发上，一直哼哼，盈盈却发起了酒疯，拎起一瓶白酒就要豪饮，吓得大伙赶紧拉住，好说歹劝，终于消停下来。

一夜无话，第二天一早醒来，才发现两人一个睡在客厅沙发，另一个则钻到床下面，顾头不顾腚的样子实在是狼狈不堪。

像这样的饭局一般至少会有两到三场，一场是欢送，来的都是部门的同事，其他部门的领导或是某分管副总，大家觥筹交错，推杯换盏之间，感情自然就加深了，意思就是大家同朝为官（虽然这官很小），以后要互相照顾，互通有无，苟富贵勿相忘；第二场是接风洗尘，新单位的副职或是其他领导就会安排组织，新领导与员工们在酒桌上互相认识，一个要领导多多关注，一个需要工作上大力支持，同时，酒品识人品，这第一场酒便能看得出来，哪些人是什么性格；本来还应有第三场，即祝贺周家兴退居二线，功成身退，但由于唐平是二进宫，和峨城分公司的同事曾经朝夕相处，早以兄弟相称，于是这两场合一场，还是周家兴主持，他提这第一杯，"首先恭喜唐老弟青年才俊，前途不可限量，预祝分公司在唐平总的带领下能够扭转乾坤，走出困境。"然后，他有些哽咽，"感谢峨城分公司的兄弟姐妹们几年来对我的关心和帮助。"几年下来，他早已将分公司的同事视为家人，如今即将分离，心中自然万般不舍。

"但天下没有不散的筵席，喝了这杯酒，大家永远是朋友。"周家兴倒了满满一大盅，满脸是泪，一饮而尽，众人也热泪盈眶，伤感之情油然而生，好在很快大家便调整了状态，今天毕竟也是唐平上任的日子，是大喜的日子，于是很快唐平便成了主角，众人纷纷端起酒杯向他涌来，与上次不同，上次他只是一个小总助，而今却是封疆大吏，主政一方，地位自不可同日而语，喝不到位，会不会有小鞋穿？甚至今后故意刁难？谁也不敢保证，于是一杯接一杯，放到从前还能装死耍赖，可今天唐平牙一咬，心一横，就算是毒药，他也要把它干了，可不能让同事们给看扁了，王者归来，他唐平靠的不是关系，而是实实在在的能力。

周家兴在一旁坐山观虎斗，昔日的下属摇身一变成了领导，自然也有他的一份功劳，只不过在峨城待久了，早已对这里的一草一木都有了感情，他从唐平的身上仿佛看到了自己年轻时候的样子，那时也是如此的年轻和意气风发，他从钱包里拿出自己年轻时的照片，那时的自己头发浓密，十分清瘦，反观现在，地中海，啤酒肚，双下巴，岁月真是一把杀猪刀，刀刀催人老。

徐小琴还是第一次见到周家兴年轻时的模样，不由得惊叹。

"周总年轻时真帅啊。"刚说完，她就发现自己说错了话，连忙补了一句，"现在更帅，更有男人味！"

周家兴有自知之明，也不生气，笑道："帅个屁，老帅，蟋蟀，老喽，回家养老去了。"

唐平虽然已经上头，但心里却十分清醒，今天晚上这顿饭，他吃出了不一样的味道，当年他调离峨城，市公司老李曾答应周家兴给他补充个助手，于是没多久环县的市场部经理韦宁便调峨城任总经理助理，如今唐平荣升一把手，他好像并不嫉妒，反而十分亢奋，他频频向唐平敬酒，一再恭喜。这一次，他把嘴附在唐平耳边，悄悄说了一句："唐总，兄弟早就盼着你来主持大局了，老周哪里都好，就是喜欢当甩手掌柜，除了喝酒啥也不干，员工也得过且过，才造成了峨城今天这样的局面。"

唐平顿时警觉起来，周家兴是什么样的性格，唐平一清二楚，但毕竟老周也是韦宁的老领导，如今人还没走，茶就凉了，当着新领导的面说前任的坏话，这也太猴急了吧。

需要注意的还有陈老板，他也说了同样的话，在恭维唐平的同时，不忘顺带踩周家兴一脚，说自唐平走后，峨城就如一盘散沙，员工在内部钩心斗角，对他们这些代理商漠不关心，吃拿卡要，就是不办实事。

唐平听得心惊肉跳，仿佛是在看一出宫斗剧，他微笑着倾听每一个人的声音，他们的恭维和抱怨，他一股脑全部收下，他不好表态，也不能表态，毕竟周家兴也算是自己的师父，师父纵有千万缺点，做徒弟的也没有资格去评头论足，说三道四。

至于韦宁和陈老板，唐平提醒自己以后一定要加倍小心，当面一套背后一套、见人说人话见鬼说鬼话的人才最为可怕。

第十二章

　　峨城的情况唐平早已了如指掌，周家兴当惯了甩手掌柜，他那长期放羊式的管理方式需要有业务能力非常强的副职或助手，可那就不叫甩手掌柜，而是充分放权，最大限度发挥属下的聪明才智和潜力，可如果副职不给力，只会纸上谈兵，人云亦云，随波逐流，如癞疙宝那样，打一下动一下，根本没有自己的主见，或是闭着眼睛胡乱指挥，东一榔头西一棒子，这对一个公司来说将会是场灾难，处处陷于被动，长此以往，员工们便会拉帮结派，拍马屁，阿谀奉承，打小报告，各种不正之风四处蔓延，公司能好才怪。

　　唐平定下规矩，与员工约法三章，重奖轻罚，几轮调研过后，他亲自跑市公司争取资源支持，市场部是娘家人，自然鼎力相助，重点倾斜，很快员工们便对他刮目相看；在分工上，唐平主抓渠道建设和个人客户，韦宁负责政企，周家兴介绍认识的那一大群同学老乡和闺密，这时起了大作用，员工整体换机转网，很多单位本就有话费补贴，在消费没有大幅增加的前提下，免费得一部市场价七八千的手机，何乐而不为？单位的员工们甚至对领导争取来的福利感恩戴德，领导们既树立了威信，又帮唐平发展了业务，一举两得，白得一个大大的人情；唐平规范了财务流程，每一笔支出必须有他的签字确认才能付款，在此过程中，他发现了一些漏洞并及时堵上，如基站的场地租赁，以前都是机务员独自一人去谈判，这就给了机务员一些可乘之机，和房东内外勾结，给公司报一个高价，报得账后，又以另一个价格用现金支付给房东，自己从中牟取私利；严禁拉帮结派，搞小圈子，刚开始还有人到唐平跟前打小报告，唐平不置可否，左耳进右耳出，几次下来，告黑状的员工自己也觉得无趣，便偃旗息鼓，夹起尾巴老老实实做人。不良风气迅速刹车，旧貌换新颜，分公司经营形势很快发生反转，唐平终于松了一口气，开始着手毕业论文的撰写。

盈盈最近迷上了偷菜，每天晚上调好闹钟，隔两个小时准时醒来，然后坐到电脑前忙得不亦乐乎。

"很多人都在玩呢，覃红的老婆，魏经理的媳妇，还有李舒凡。"盈盈告诉唐平。

唐平正在为毕业论文的提纲愁得焦头烂额，哪有心情去关心这些虚无缥缈的东西，小时候唐平经常在过年时去偷邻居家的菜，有一次还被邻居的狗追得摔了个嘴啃泥，裤子都扯破了，回到家里被母亲一顿好打，让唐平至今记忆深刻，这倒好，一帮城里人，平日里十指不沾阳春水，估计连农村的菜长什么样都没见过，反倒废寝忘食在网上偷起菜来。

"真是无聊！"

听盈盈说李舒凡也在网上偷菜，唐平不禁哑然失笑，真是太阳打西边出来了，一想到李舒凡此刻正襟危坐在电脑前，一本正经地偷着菜，生怕不小心错过了，那场面肯定很滑稽。

"最近生意如何？"唐平拟了几个提纲，思路有些卡壳，便停下来问盈盈。

"还行，不过有些分公司开始加大了管控的力度，在数量上严格限制，毕竟是一次性的用户和收入，人家也心知肚明，只能临时救急用，不可能当作发展的灵丹妙药一劳永逸，因此一个分公司刚出了一批，下个月就停了，断断续续的，上家的成本也提高了，很多分公司要求不仅不能倒挂，还要有适当的利润，我觉得这个事情迟早会被叫停，我们要早做打算，转型做其他事情。"

"转型？如何转型？"唐平一时脑筋转不过来。

"要不开个美容院？现在两类人的钱比较好赚，一个是小孩，一个是女人。女人比较感性，有很强的消费冲动，洗个脸做个头发整个容，在把青春留住，永葆不老容颜的这条路上，无数女人前赴后继，乐此不疲，很舍得投入。"

"先想想吧。"毕竟隔行如隔山，唐平也拿不定主意。

"要不就去开个内衣店，做个内衣代理，什么都市丽人，猫人，三枪，基本上集中在市里，在县里还很少看到。"

唐平没有表态，在做生意这件事情上，他从不反对，还在上大学时他就已经开始在校园迎新的商战中崭露头角，初尝甜头了，那是大三上学期，当大部分人还在家里消耗最后的假期余额的时候，他已经和宿舍的两个同学赶到了学校，跟二姐借了两千块钱作为启动资金，到南京的新街口去采购了一批壁挂式的座机和IC电话卡，新生宿舍没有电话，手机也才刚刚开始兴起，大部分学生刚到校两眼一抹黑，六神无主，急需要找个地方倾诉，高中时难兄难弟，闺密死党，可学校里的电话亭少得可怜，常常排起长队，宿舍里的电话线是通的，只缺一个话机，正所谓久旱逢甘霖，唐平他们背着话机穿梭在新生寝室的时候，新生们刚送别了家人，此时正在宿舍哭得稀里哗啦。

"我们是校园网络中心的师兄，来给你们安装电话，想家了吧？"不愧是管理系的学生，很会利用人脆弱的心理。

新生一下破了防，哭得更伤心了。

"理解理解，我们是过来人，有了电话就好了，向父母诉诉苦，和远在他乡的男朋友煲煲电话粥，心情自然就好了。"

小女生们瞬间感动得一塌糊涂，纷纷慷慨解囊。赚得不多，一台话机进货价十几块钱，卖二十五，利润对半，再加上一张电话卡，总共也不到一百块钱，收了钱，将本机号码查出来告诉新生，让她们用笔写到墙上，以免忘记了。有些女生还要求留下师兄们的电话，遇到不懂的地方好虚心请教，小女生们很好骗，一杯奶茶，甚至一顿火锅，便被哄得不要不要的，如不是因为正好和李舒凡在操场散步，可能唐平也会跟另外两个合伙人一样，要赶在毕业前谈一场轰轰烈烈的恋爱了。

短短几天的迎新，唐平他们就赚了一万多，三人分账，每人四千，这几乎是唐平一年的生活费。瞬间富裕起来，几个人商量着出去各换了一身行头，去夫子庙的一家火锅店改善了一下生活，剩下的钱，唐平换了一台彩屏的诺基亚手机，另外两个则各自买了一台惠普的笔记本电脑。

上班只能确保饿不死，经商才能实现财富自由，唐平有着切身的体会，可具体做什么，他一时还没想好，刚有了一丁点积蓄，他不想太过冒险。

"睡觉，想多了头疼。"

一觉醒来，天已大亮，楼下早起跳广场舞的大妈们随着音乐的节奏左右扭动着，一首凤凰传奇的《自由飞翔》，很是提神醒脑。昨晚操劳过度，唐平感觉有些腰酸背痛，他到楼下吃了个早餐，才有些缓过劲来。

一轮火红的太阳从东方升起，美好的一天就这样开始了。

第十三章

李舒凡要来西江出差，她给唐平打电话的时候，唐平正在一个乡镇上看渠道，代理商已经杀好了土鸡河鱼，准备邀请唐平尝一尝他自家酿的土茅台。

"你什么时候到？我马上赶到西江来给领导接驾！"唐平一下子兴奋起来，电话里声音都提高了不少。

"不用，你先忙，我一个小兵陪领导出差，是为领导们保驾护航的，身不由己，先忙完了工作我再联系你，抽得出时间的话，晚上一起吃个消夜。"

唐平正准备走，哪知电话里的声音被代理商听到，唐平被几个人五花大绑架到桌子上，无论如何也要吃了饭再走，不然就是不给面子了。

地方少数民族的热情，唐平已经不止一次领教了，酒喝好了，什么都好办，如果你偷奸耍滑，干起工作来他也会敷衍了事。代理商是公司在一个地方的形象代言人，他说你好，你就好，他要说你一句坏话，你就要花十倍的宣传才能把口碑挽救回来。

暂时走不成，倒不如心安理得地留下来。

锅铲翻过，土鸡的香味从锅里冒出来，唐平这才感觉饿了，鸡是散养的，平时在山林里奔跑，吃起来很有嚼劲。红水河的鱼更是名不虚传，肉质鲜嫩，这倒不是唐平虚伪客套。只是那桑葚蒸馏出来的米酒，喝下去有一股让唐平说不出来的味道。

几杯酒下肚，代理商也不再拘束，便向唐平介绍起他的创业经历来。他初中还没毕业就出去打工，刚开始在一个物流站扛大包，那是纯粹的体力活，干了半天实在吃不消，后来才进了一家手机组装厂，专门做山寨机，公司在深圳的华强北，组装好的手机发往全国各地，专做小县城和乡镇市场，产品供不应求，有多少要多少，根本就不愁销路。见此情形，他灵机一动，既然手机利润这么高，与其帮别人辛苦打工，何不自己回家开店当老板？于是一拍脑袋便回来了，刚回来的时候镇上一家手机店都没有，如今已经开了有好几家，不过他做得最早，又会搞维修，老客户很多，所以生意一直很好，短短两年时间，不仅在镇上建起了房子，还开上了奥迪，小日子过得十分惬意。和他一起出去打工的，如今仍在厂里打工，每天上班十几个小时，但很多年轻人在厂里好吃懒做，又好赌，经常过年时连回家的车费都没有。

"我有个发小，一年前跟我借车费，到现在连电话都打不通，玩起了消失，人这一生，与其在世上浑浑噩噩混日子苟且偷生，还不如放手一搏，万一成功了呢，有时候人要富起来，也就那么两三年的时间。"那代理商越说越起劲，动情之处，不禁开始手舞足蹈起来。

唐平听得很认真，眼前的这个代理商，不过二十出头，相貌也不出众，只不过敢闯敢干，赶上了一个好时候，三两下便混成了乡镇上的能人，和他比起来，自己的条件岂不好到了天上，再加上有个聪明能干的媳妇，自己何不依葫芦画瓢，也开个手机店，很多资源都是现成的，品牌加盟，进货渠道，自己只要一个电话，便有人上门服务，盈盈提议的内衣店或是美容院，也不是不可尝试，但毕竟是一个完全陌生的行业，光看到别人养猪赚钱，可谁又能够体会到猪得了猪瘟时的痛苦呢。

看到了希望，唐平竟有些小兴奋，一高兴便多喝了几杯，中间他出去给李舒凡打了个电话，对方立马挂断，很快回了他一条信息。

"还在开会。"

唐平回了个"收到"。

饭局很是尽兴，唐平与代理商握手告别，上了车，司机一脚油门，黑色的帕萨特便从街上蹿了出去，一路上司机把车开得飞起，唐平的帕萨特可比公司配的桑塔纳好开多了，那桑塔纳还是市公司淘汰下来的，里程表上显示已经快三十万公里，整车上下除喇叭不响，哪都响。

唐平在车上向盈盈请了个假。

"临时要到市公司开会，要明天早上才回来。"

盈盈正在财务徐小琴家里砌长城，手上正拿了一副好牌，心情很是美丽，说了句"知道了，开车慢点"便挂断了电话，不出意外，又是一个通宵。

到了市里，唐平让司机先去酒店开房，自己还有事要处理，司机走后，他打了个车直奔市政府。

确实是有大领导来视察，这么晚了路上还有很多警察在执勤，唐平在市政府门前的广场上找了个石凳子坐下，脑海里把刚才和代理商聊的情况又梳理了一遍，然后给几大手机品牌地区总代的业务员分别打了个电话，在得到他们的肯定答复后，唐平最终决定让盈盈先开个手机店试试。

李舒凡终于开完了，她从政府大楼里走出来，黑色连衣裙，红色高跟鞋，在夜色的衬托下显得身材十分高挑。她走过来，见唐平一个人站在广场上，身上的酒气还没有完全散尽，一股桑葚的味道扑面而来。

"一个人？"李舒凡好奇地打量着四周。

"这么大的领导连个保镖也不带？"

听出来李舒凡在调侃自己，唐平也不甘示弱。

"你不也是一个人？身边连个护花使者都没有。"

"哈哈，彼此彼此，打算请我吃什么？"

"西江豆花烤鱼，这里的特色，豆花配烤鱼，美容又养颜哦。"唐平边走边说。

"烤鱼店就在广场附近，走路只要几分钟。"

"士为知己者死，女为悦己者容，我又不找男朋友，那么漂亮干吗？"李舒凡说话有些酸酸的味道。

"你真不打算结婚？你父母也不催？"唐平本不打算问这么敏感的问题，但话都讲到这个份上，他也想听一听她心里的真实想法。

"结婚干吗，与其找个人天天吵架，还不如一个人过得潇洒，我要做一个新时代的独立女性，现在发达城市的女生都这样。"李舒凡好像已经做好了回答他这个问题的准备。

"我爸妈尊重我的选择，遇不到合适的，就这样单着也好。"她继续补充道。

鱼已经烤好了，唐平夹了一块放到李舒凡碗里。

李舒凡说的话，唐平不知道该如何接下去，便让她先吃点东西，开了一晚上的会，李舒凡也饿了，一改之前的淑女形象，开始狼吞虎咽起来。

唐平让服务员开了瓶啤酒，他给李舒凡倒了一杯。

"你有公事，少喝点。"

"告诉你一个事情，你要有思想准备。"李舒凡抿了一口，继续往下说，"我爸可能很快要调走了。"

这是个突如其来的消息，唐平一时间还没反应过来。

"去哪里呢？"唐平问。

"暂时还不知道，但省公司已经有消息传出来，省公司主要领导已经到位两个月了，听说近期会有人事变动，涉及省公司一些部门和几个地市，爸爸来西江已经好几年了，这次调动也是意料之中的事情，至于调到什么地方，在没有最终下文之前，谁也不知道。"

唐平一下子感觉烤鱼的味道不香了，如果不是因为老李力挺，他怎么可能这么快到县公司任总经理主持工作？同样二十七岁，徐鹏还在一个区做主管，他已然是全省最年轻的四级正，不仅像徐鹏这样的同龄人羡慕，就连覃红也觉得不可思议，他调任西江分公司市场部经理时已经接近四十岁。

如今工作刚有起色，就面临着如此大的变故，自己的未来或许也将面临很多的变数。

"你也不要过于担心，首先你要对自己的能力有信心，如果不是自身过硬，爸爸也不敢硬推你上去，再说在我父亲眼里，你只是我一个普通得不能再普通的校友而已，大可不必杞人忧天。"见唐平一脸的忧郁，李舒凡赶紧安慰。

"也是，管他那么多呢，打铁还得自身硬，喝酒！"唐平把杯子里的啤酒一口干了，"最坏还能坏到哪里去？我一个穷书生，能够混到今天这个样子，早已知足。"

李舒凡看着他，双手托着下巴，脸上露出迷人的笑容。

"真是个呆子！感觉你还像上大学时那样，一点都没变。"

"峨城的木棉花开了没有？"李舒凡仿佛若有所思。

"最近天气比较好，应该快开了吧，每天走路脑子里想的都是工作上的事情，竟没有去关注，我明天回去到河边看看再告诉你。"唐平这才发现自从这次到了峨城，竟没有一天是闲着的。

"晚上住哪里？"唐平问。

"西江大酒店。"

"一个人？"

"不是，和我们处长，一个四十多岁的老女人。"怕唐平误会，李舒凡又补了一句。

"我送你过去。"

唐平结了账，两人沿着西江的岸边朝西江大酒店走去，河边的灯光很暗，李舒凡抓住唐平的手，十指相扣，也许是刚喝了点酒的缘故，她的手像火一样滚烫，一股暖流传到唐平的身体里。

快到酒店的时候，李舒凡突然紧紧地拥抱着他，在他的脖子、嘴唇和额头上留下了一堆的口红印。

唐平在附近单独开了房，房间里有台电脑，他洗了个澡，打开电脑搜索木棉花语的含义。百度是这样说的，木棉花有着"珍惜眼前人，珍惜眼前事"的寓意，当下的情感才是最真实的，不要等到失去了才后悔，也许一次偶然的错过，就真的会错过一辈子。

"睡了没？"他给李舒凡发了条信息。

"还没，你呢，在干吗？"她很快回了过来。

"在想你。"唐平秒回。

"别胡思乱想，睡了，明天还要上班，晚安。"

"晚安。"

唐平却怎么也睡不着，干脆打开电脑，写了一份长长的开店计划书。

第十四章

打了一个通宵的麻将，盈盈回到宿舍还兴致勃勃地在网上偷了会儿菜。

"你不困哪？"唐平问她。

唐平一早就回到了峨城，打算先回家把开店的计划跟盈盈讨论一下，两人前后脚进门，原以为盈盈会倒头就睡，哪晓得此时还神采奕奕，压根儿不像是通宵熬夜的样子。

"麻将治百病你不知道？"盈盈偷完菜，这才到卫生间洗了个脸，然后敷着一张面膜就走了出来。唐平正在看电脑，听到脚步声，猛地一抬头，突然看见一张煞白的脸，差点吓了个半死。

"麻烦大白天不要装神弄鬼的好不好？"唐平有些哭笑不得。

"再不做美容，哪天变成黄脸婆被你一脚踢飞了咋办？"盈盈立马反击。自从生完小孩，她感觉自己整个人都有些变了形，水桶腰，抬头纹，甚至还有几根怎么也拔不掉的白头发。

"少熬点夜，多锻炼，比什么都好，一天不是麻将就是躺在床上看电视，不变形才怪。"唐平直击盈盈的痛点。

"没什么事做，你一天到晚又不着家，我再不打麻将看电视打发时间，那还不得抑郁症？"被唐平戳到伤口，盈盈有些生气。

"正好，我们研究一下开店的事情。"唐平指着电脑上的创业计划。

"前两天你不是还没想好吗？"盈盈问。

"现在已经想好了。"唐平一把将盈盈拉过来。

整个峨城就一条街，还有阴阳之分，左边为阳，有快巴车站，有农贸市场，一条路直达政府广场。右边为阴，路的两头一边是桥，另一边被一面墙拦住了去路，虽然中间只隔着一条马路，但房租价格相差却不止一倍。

"因此一定要把店开在阳的这一边，而且还要双门头才显得大气。"

可是看了几家贴出旺铺转让的门面，唐平都不太满意，不是门面不够方正，就是里面太深，甚至有的门面还在路下面，要下几步台阶才能进到里面。

一时找不到合适的门面开店，盈盈倒也不着急，网上的卡还在正常走着，她打算先回一趟老家去看看儿子。

盈盈走后，周末，唐平一个人闲得有些无聊，便想起前几天李舒凡交代的事情。吃过午饭，他便朝河边走去。

河岸上的木棉花开得正鲜艳，花朵像一团团红色的火球悬挂在枝头，正好有两只不知叫什么名的鸟儿在树梢上叽叽喳喳地嬉戏着，仿佛一对热恋中的情侣打情骂俏，场面十分唯美动人，唐平立马用手机抓拍了几张发给李舒凡。

"好漂亮！看来你的拍照技术提高了不少呢。"李舒凡很快给他点赞。

"初学者刚入门，可不敢骄傲，还望不吝赐教。"

唐平说的可不是假话，李舒凡走到哪里都是长枪短炮地背着，据说光一个镜头都要好几万，有之前在省公司综合部的工作经验，到了管局后，单位的各种活动的拍照都是她负责，再加上又有很好的文字功底，部门内宣传报道基本上她一人全部包揽。

峨城四面是山，只有中间这一条河，属于典型的河谷地形，风好像被周围的高山全都挡在了外面，阳光毒辣地照在路面上，闪着刺眼的白光，晃得人睁不开眼睛，气温一下就上来了，人被一股热气笼罩着，如蒸笼里的馒头，无处遁形。

手机响了，是陈老板打来的电话，昨晚他们去红水河的上游蹲了一个通宵，弄回来不少好货，让唐平一起过去打平伙①。

陈老板的住处，已经来了好几个人，都是他的老乡，陈老板逐个介绍，有做服装皮鞋生意的，也有开超市商场的，还有开酒店旅馆的，浙江人的生意头脑真是让唐平佩服得五体投地，好像整个县城主街开店的都是浙江人，本地人出去进厂打工，辛辛苦苦挣点生活费，可钱寄回来一下子又被这些外地人全赚走了。唐平总结下来，主要还是经商的意识，浙江到处是工厂，人们从小耳濡目染，早已将生意的套路了然于心，再加上在进货渠道上有得天独厚的条件，自然更加如鱼得水，信息资源的不对称，导致本地人只能外出打工寻找出路，而钱却让外地人轻松赚走。

听说唐平想开个手机店，正在为店的选址而发愁，陈老板马上一拍大腿。

"哎呀，真是缘分，隆重介绍一下，这位张老板是我的发小，跟我从小玩到大的兄弟，当年我们俩从村里一起来峨城开店，这些年

---

① 打平伙：一种传统民间交际风俗，此处用来表示聚餐之意。

张老板赚到了钱，正打算把老街的服装店盘出去，然后到市里去开一个更大的服装城，张老板现在这个服装店的位置很正，刚好在快巴车站旁边，又是双门头，唯一的缺点就是进深只有五米，能够摆放的柜台数量有限，不过峨城就这么大个地方，人口相对较少，店开得过大也有些浪费。"

陈老板说的那个服装店，盈盈经常去光顾，当时就觉得店的位置很好，人流量集中，因为服装店的生意一直很好，也没往转让的方向去想，真是踏破铁鞋无觅处，得来全不费功夫。

"吃鱼，喝酒，接下来的具体事情，喝完酒再详谈，昨天晚上在河边坐了一个晚上，全身被蚊子咬了不知道多少个包，才守到了这几个翘嘴，大家可不能浪费，只管尽情享用。"

陈老板喊唐平吃鱼是假，变相拉拢关系才是真，唐平心知肚明，所谓吃人嘴软，平时在业务上也自然多少要兄弟们多关照一些，好在陈老板也不算是什么坏人，做生意的商人嘛，哪个不滑头？

吃完饭，互相留了联系方式，又打了会儿牌，唐平手气有些不佳，眼看天色已晚，便提前结束了战斗，陈老板提议去唱歌，唐平以身体困乏为由拒绝了。

回到宿舍，唐平给盈盈打了个电话，简单汇报了一下门面的情况，盈盈对位置没有意见，她让唐平先谈一下转让的价格，唐平让她尽快回来一起策划，儿子在电话里听到唐平的声音，便嚷着要爸爸，唐平好一阵安慰，眼泪都差点流下来了，儿子仍不依不饶，唐平最后只好挂断了电话。

躺在床上，唐平从手机里翻出儿子的照片，半年没有见到儿子了，个头应该长高了一大截吧，盈盈在电话里说儿子还是从前那么莽，肥得像个肉球，唐平一想到儿子那胖嘟嘟的样子，忍不住笑出声来。再过一年多就要接回来上幼儿园了，花钱的地方实在多得很，最近网上卡的销量下降得有些厉害，看来开店的事情还得抓紧，唐平决定第二天一早就去找张老板谈转让费的事情。

一整夜唐平都在做梦，一会儿梦见新店已经开张了，他和盈盈忙得脚不沾地，连中午吃饭的时间都没有。一会儿又梦见新店已经赚了很多钱，自己开上了进口的宝马奥迪，然后衣锦还乡，引得村里人无数的羡慕嫉妒。一会儿又是市公司领导知道了自己做生意的事情，严厉批评自己不务正业，让自己在工作和开店之间只能二选一，他和领导激烈地争论着，说自己开店并不违反公司的制度，最终领导指着他的鼻子大骂他油盐不进，冥顽不化，而自己也忍不住跟领导拍起了桌子……

梦醒了，唐平满身都是汗，原来是停电了，空调停止了运转，屋内的空气闷得厉害。唐平打开窗户，一丝凉风吹了进来，可没过多久，屋里就多了几只蚊子，它们在房间里嗡嗡地四处乱蹿，一会儿远，一会儿近，唐平刚要睡着，那蚊子便跑到他耳边，甚至是脸上，用那尖尖的嘴开始吸他的血。

一个晚上，唐平都在和蚊子做斗争，天快亮的时候，电终于来了，唐平打开空调，插上电蚊香，很快，那讨厌的蚊子便没了踪影。

第十五章

开店做生意，看似复杂，其实一点也不简单，转让的价格谈妥了，看在陈老板的面子上，服装店张老板做了一些让步。他把店里剩下的服装清仓甩卖之后，唐平就可以安排人进场装修，双方签了份转让合同，约定房租半年一交，装修过程中不得改变房屋主体结构。

唐平联系一家平时给公司做零星广告的装饰公司，简单地画了个图纸，两边墙上的位置预留给几大品牌手机厂家做广告，灯箱和广告内容由厂家负责。天花板做成石膏吊顶，孔灯射灯一应俱全。原来的地砖已经有些残缺，干脆一不做二不休全部换新，正面留做背景墙和收银台，卫生间也砸掉了，多出来一些空间，离店不到一百米的地方有个公厕，来回也就几分钟时间。手机柜台做成弧形玻璃的，交钱向几个主流品牌厂家订了一些，剩下的唐平自己想办法给补齐了，经常有经营不善的手机店关门走人，自然要将店里的柜台低价甩卖，都是九成新，不仔细看根本认不出是二手的。

品牌的终端只要交钱，厂家的业务员会送货上门，可一些杂牌的手机和配件，就需要自己去淘了。唐平和盈盈到省城的数码城逛了整整一天，脚都起了泡，才终于采购齐全了，第一次开店，完全是全凭感觉，那些看起来花里胡哨的手机，却是山寨版，放到店里，把店的档次都拉低了，还有一些高端的机器，一台进货价就要好几千，躺在柜台里卖不出去，一天一个价，反倒是那种看起来外表不怎么样，只能打电话不能上网的老人机，走得十分火爆，几十块钱一台，被盈盈标成了199，长相稍微好一些的，299、399，连唐平都笑盈盈是奸商，是黑心商人。盈盈在店里站了一天，正找不到地方出气，唐平正好撞到枪口，被盈盈随便在收银台上捡了东西砸过来，唐平躲闪不及，额头上开了个小口，有人问他是不是被老婆打了，唐平只好嘿嘿地笑着，盈盈倒也不感觉到愧疚，反而十分得意。

新的市公司领导已经到位了，老李调到另外一个地市继续担任总经理。新来的老总姓方，名国安，年龄三十七八，下来之前是省会城市分公司分管市场口的副职，人很年轻，满脸的自信，家里似乎有些背景，跟谁说都是我哥我姐怎么样，不是某某省直单位的领导，就是某大型国企的一把手。

第一天开会，他就给身边的一个副总来了个下马威，那副总进到会场的时候迟到了两分钟，这在之前大家都不觉奇怪，进来找到自己的位置坐下就是了，可那天方国安见他进来正要坐下，突然敲着桌子来了句。

"身为领导干部却不以身作则，没有一点时间观念，长此以往，上行下效，公司如何管理？"

那副总年纪比方国安要大五六岁，瞬间失了面子，气得脸都有些发绿，可官大一级压死人，人家方国安才是领导，开会迟到本就不对，如果再怼回去，当时倒是爽了，如果被方国安到省公司领导那里去告上一状，自己可就要吃不了兜着走了。

对自己的副职如此，对下面的中层就更不客气了，方国安一改老李以前的风格，检查调研从不打招呼，一个人让司机开着车便直奔现场，听完渠道的抱怨后便冲到分公司负责人的办公室。分公司老总正在办公室里听着音乐，嘴里哼着小曲呢，很是悠然自得，突然见方国安开门闯进来，差点吓得大小便失禁。

"没有担当，没有责任意识！没有一点危机感！都火烧眉毛了，还不知道着急！"方国安指着下属的鼻子一顿臭骂。

"不换思想就换人！"方国安也不管办公室里有没有员工，他骂完后，径直下了楼，司机早已在下面等候。

"上车，回市公司！"随后一溜烟消失在路的尽头，只剩下那被骂得晕头转向的负责人一脸无辜，像一根木头一样杵在原地，好半天才回过神来。

"我呸，在老子面前装神弄鬼，老子参加工作的时候，你还在穿开裆裤呢。"

知道老李要调走的消息后，唐平就一直有些担心，方国安已经不止一次在大会上点名批评峨城的工作了，当然他也不是只批评峨城，他几乎所有的分公司都批，只不过别的县的负责人年龄都比较大，管你怎么骂，我不吭声就是了，骂完后该怎么样还是怎么样，大不了你把我免掉，再混个几年正好退休。可唐平就不一样了，自己太过于年轻，一旦下来还有没有机会再上去，谁也无法保证。

方国安一周回一次省城，而唐平所在的峨城又是必经之路，指不定方国安什么时候哪根筋搭错了，突然就会蹿到乡镇上去，给他找出个一二三的毛病来。

于是唐平一刻也不敢放松，在工作上严防死守，要求员工每天必去渠道上走一圈，过期的宣传，代理商的培训，必须做到立行立改。不仅如此，他还亲自三天两头去现场，连柜台上有一丁点灰尘，也要求现场清理干净，生怕被方国安找到机会。

全市的经营分析会改到了星期天晚上召开，各部门通报完指标完成情况后，方国安拿出他在北大总裁班上学到的一套管理理论开始给全体中层上课。

"什么是管理，就是组织、指挥、协调和控制，你看看你们，平时的管理毫无章法，员工组织纪律涣散，一群乌合之众如何能打胜仗？"

方国安那些深奥的理论观点，唐平听起来倒不觉什么，却苦了那些技术出身的老同志，他们从一个普通的小员工做起，经历了邮电局，电信局，后来又到了现在的公司，哪里懂得什么PDCA，又如何知道4P营销到底是什么？于是听得云里雾里，哈欠连天，可方国安越讲越起劲，根本就没有要停下来的意思，从吃过晚饭开始，他一直讲到凌晨一两点。这还不够，西江一共有十二个县，其中六个小县的负责人听到一半就可以回去休息了，剩下的六个县留下来，继续学习，直到他自己也觉得讲累了，才宣布散会，然后要求各自回去写一篇一千五百字的心得体会。他还要亲自看，写得不好的，说明学得不到位，思想还没有解放，不换思想就换人，这句话已然成了方国安的口头禅。

唐平开完会，打电话让司机把车开到公司门口，他要连夜赶回去，方国安点名了下周要到峨城来调研。

第十六章

　　盈盈在店里忙得不可开交，开心农场的鸡圈里早已积满了灰尘，盈盈偶尔下班打开电脑去清理一下"粪便"，那些可怜的"鸡"早已饿得皮包骨，奄奄一息。这女人一旦有了事情，家里就少了许多烦恼，以前盈盈一个人在家不是睡觉就是看电视，唐平每天下班回来，她总觉得看什么都不顺眼，尤其是她刚做好饭，恰好唐平来电话告诉她今晚有应酬的时候，更是一股无名的火瞬间蹿上来，恨不得立马冲过去将他狠狠地打上一顿才解气。

　　智能手机的上市改变了人们的消费习惯，流量开始替代语音和短信。老胡在网上告诉唐平，他有两个客户因涉嫌诈骗被抓，据可靠消息，公安正在追根溯源，查找短信卡的来源，干这行是混不下去了，风险越来越大，再加上国家开始实行实名制管控，运营商也逐渐转型，很多省市都停止了短信卡的售卖，老胡打算改行做点其他生意。

　　"打算做点什么呢？"唐平问。

　　"我有个同学在国际航空公司做空乘，三天一班，专飞欧洲这条航线，我准备跟她合伙开个网店做海外代购。"老胡已经想好了出路。

　　"这倒是不错。"

短信卡玩不下去了，好在唐平有先见之明，提前让盈盈把店开起来了，虽然才刚起步，但生意一天比一天好，做生意嘛，主要看产品、服务和销售技巧，盈盈两年多的营业员不是白干的，早已将营销技巧练得炉火纯青。

"不怕你不买，就怕你不来。"盈盈跟唐平吹嘘，走进她店里的客户，三个至少能拿下两个。

唐平笑盈盈是王婆卖瓜，自卖自夸。

"那个网店，干脆还是停了吧。"唐平把老胡说的情况转述给盈盈。

"我可不希望有一天你也被抓进去，那小亦轩就可怜了。"

"我看你是巴不得，你好重新给我儿子找个小妈。"盈盈每个月还能卖一两千张卡，虽然量和单价都下降了很多，但儿子每个月的奶粉钱还是有的，盈盈有些舍不得，但听唐平把事情说得如此严重，她也有些犹豫。

"真关了？"她拿不定主意。

"关了，什么钱都能赚，但违法的事情不能干。"唐平终于替她下了决心。一夜之间，盈盈就把所有的QQ群全都解散了，网店也一并注销，好像这件事情从来就没发生过。

唐平在东大两年的课程很快就结束了，导师让唐平这周无论如何去一趟，讨论一下论文修改的事情。

《流量时代，传统电信运营商该何去何从？》，唐平确定这个论文题目的时候，公司的流量套餐才刚刚上市，这是一个未知的命题，网上关于流量是否最终完全取代语音的争论满天飞，有人非常肯定，也有人持谨慎怀疑的态度。运营商是坚持做好管道，还是需要有自己的内容，这些都是各路专家们讨论的焦点，唐平比较支持前一种观点，即专业的人做专业的事，这就好比让修高速公路的人去造车，最后有可能车没造出来，路也修得乱七八糟。某动的某信就是一个很好的例子，曾经不少人都以为这款横空出世的即时通信软件很快就能把QQ打压下去，可后来由于缺乏持续的创新和开发，又或许是这款软件与自己庞大的短信收入相冲突而最终半路夭折。

导师对唐平的定题没有意见，但论文需要一定的理论依据支撑，她让唐平多查阅管理类的书籍，将"流量时代，运营商何去何"从这件事情与管理经济学，与我国社会主义市场经济体系中的国有经济与民营经济之间的一些特征区别甚至于两者之间不同管理者人性的思考相联系起来，将整个论文写得更加饱满和丰富。

这或许是唐平读MBA以来收获最多的一次，将理论与实践相结合，并对自己所处行业，所干的工作进行深入的研究和思考，这或许才是读书的根本目的。唐平一直觉得自己本科时所学的管理和经济学理论没有多大用处，如今看来，不仅有用，而且用处很大，在和盈盈开店的时候，在位置和产品的选择上，他就用上了"定位"和"目标客户"这样的理论知识，甚至最基础的供需关系，也在盈盈日常的销售中体现得淋漓尽致，不仅如此，消费心理学的一些内容也能涉及。

"观察一个客户，如果他进店之后直接就到某专柜问某一款手机的价格，那么这个客户一定对这款手机的功能有所了解，甚至已经在这条街上的好几家店咨询过价格的问题，那么这时候就要弄清楚他心中犹豫的到底是什么，是性价比，还是其他。如果同样的价格，能额外赠送他一个充电宝或是耳机，他或许就能心甘情愿地把钱掏出来。客户能有什么坏心思呢？或许他就需要占那么一点的小便宜，从店老板的大方中找到一种被尊重的感觉，如此而已，如果还能再免费送他一次贴膜，你就完全有可能将他变成自己忠实的客户，他回去以后一定会将他的亲朋好友介绍给你，让你看在他的面子上，少一些价格，多赠送一些小东西。很快，你们甚至还会成为无话不谈的朋友，医院的医生，银行的经理，学校的老师，在这样的小县城，有时候他们一个电话，就可以让你少走很多弯路。"

在东大正门外的咖啡馆里，唐平和导师讨论了整整一个下午，重新厘清了写作的思路，送别导师，唐平打了个车，直奔徐鹏订好的饭店。

包房里，徐鹏正跟几个手下的兄弟斗地主，徐鹏手气很好，一会儿的工夫面前就摆起了厚厚的一沓零钱，见唐平开门进来，徐鹏把钱一收，让兄弟们继续玩，他和唐平要单独聊聊。

"方国安这个人阴得很，你要小心，徐鹏直截了当。"同一批校招进公司的，唐平和他的关系最好，基本到了无话不说的地步。

"方国安做副总的时候就很强势，区县的总经理们都怕他开会，一开会就骂，有时候总经理在场，他也不给面子，省会城市的水深得很，明面上看风平浪静，实际斗争那叫一个激烈，谁也不知道对方什么来头，一个三天不说两句话的小员工，家里人有可能是省里某厅局的领导，方国安年纪轻轻就干到总经理，凭什么？就凭他在省会公司干过副职？"我呸，徐鹏往垃圾桶里吐了一口痰，然后小声说道，"听说他大哥和新来的省公司一把手是大学同学。"

"原来如此，难怪方国安到处跟人讲他家里人如何如何的厉害，看来还真不是故意吹嘘。"唐平听得津津有味，单位内的复杂，他还是第一次感受到，之前老李主政西江的时候，唐平以为只要干好自己的工作，做出了成绩领导自然能够看到，如今看来，并不是那么回事。

"这算啥！你知道宁州市分公司那个老总不？"

"不知道，我一天在峨城那个山旮旯里待着，哪里知道这么多事情？他咋了？"唐平问道。

"他原来是某省的副总，后来因为夫人得了病，他便辞了职专心在家照顾老婆，没过两年，老婆的病好了，他又到某省一个地市干起了总经理，在那里做了两年，他觉得宁州市的气候好，又是海滨城市，他老婆得的是哮喘，正好可以在宁州市疗养，于是他给集团公司打了个招呼，很快，他就调到宁州市来做总经理了，但工作基本上都是几个副职在做，省公司老总也要给他几分面子，你知道是什么原因？"徐鹏故意卖了个关子。

"有屁快放，别故弄玄虚。"唐平正听得起劲，徐鹏突然停下来，唐平感觉有一种说不出的感觉。

"省公司老总曾经是他的下属，他干某省副总的时候，这老总还只是个部门经理，最牛的是，集团的董事长和他是大学时一个宿舍的同学，两人睡上下铺。"

唐平像是在听一个传奇故事，如果不是从徐鹏口中讲出来，他一定以为是谁故意杜撰出来骗人的，可徐鹏又有什么必要骗他呢。

徐鹏已经是江南区分公司的副经理了，手底下分管着二十九号人，没想到才一段时间不见，徐鹏早已把省公司上下的情况摸得透透的，唐平本就不安的心就更加忐忑了。

"方国安不是老李，这个人天不怕地不怕，又没在基层干过，根本就不知道一线兄弟们的辛苦，你千万小心，不要撞到他枪口上。"喝酒的时候，徐鹏又跟唐平说了几句悄悄话。

吃过晚饭，唐平给李舒凡打了个电话，她不在省城，接电话的时候，她恰好正在宁州市出差。

听完唐平的担忧，李舒凡有些爱莫能助。

"爸爸和新来的省公司领导不熟，搞不好泥菩萨过河，自身都难保。只要做好自己，我想方国安也不敢随便拿人开刀。"李舒凡在电话里安慰唐平。

"但愿吧。"唐平挂完电话，心里还是不太踏实，便打电话让总经理助理韦宁把近期的宣传广告和业务培训情况重新检查一遍，确认没有什么疏漏后，唐平才稍微安心了些。

第十七章

　　市场部经理覃红正坐在办公室里生闷气，烟一支接一支地抽，唐平见门虚掩着，便径直推开门进去。

　　"覃经理这是咋了，心情不美丽？"唐平和覃红是老搭档，覃红又是自己的老领导，唐平一看这情形，就知道覃红又是遇到什么烦心事了。

　　"老子在西江干了这么多年市场了，就从来没有遇到过这种领导，你干啥他都认为你不行，方案改了一遍又一遍，说要加大渠道补贴，等你按他的意思把方案写好，他又说怕有代理商钻空子带来财务审计风险，得把补贴的幅度降下来，好，老子又按照他的意思改，好不容易改好了，他又说干脆渠道补贴不搞了，要换一个营销思路，把实惠直接让利给客户。说一出是一出，我都不知道怎么做才合他的意，要不是想到自己在西江这么多年，我都想干脆辞职不干了。"

　　唐平知道覃红口中的他是谁，除了方国安没有别人，方国安的办公桌上，一摆的《哈佛商业评论》摆在最显眼的位置，旁边是他在北大总裁班的合影照片，谁去到他办公室，他都会引用几句他新学的管理思维来举例子，让汇报工作的人要按照他最新的指示去执行，做宣传，搞营销。覃红被气得想哭，可他一个大男人，当着唐平的面掉眼泪，还不让他看笑话？

唐平自己的稀饭还没吹冷，也不知道怎么安慰覃红，他也拿了一支烟，用覃红放在桌上的火机点燃，两枪大烟杆把整个办公室烧得烟雾缭绕的，不知道的还以为里面着火了。

覃红抱怨了一通方案的事情，又说起了开会。

"白天上班，等你正要下班回家的时候，他又叫秘书来通知你要临时开会，开会的内容也不提前讲，大家都没有心理准备。等到了会议室，才发现开会的内容压根儿就和你没有多大关系，一个安全的事情，他就能讲一个小时，听得老子瞌睡都来了，好像全天下都要围着他转，其他人都没有家庭一样。天天陪他开会到半夜，第二天还得正常上班，经常是一大早就把你叫到他办公室，我感觉自己最近都有点神经质了，回家儿子都不理我，说我一天到晚不归家，老婆也埋怨，说不知道的人还以为我一个月要领好几十万，把整个人都卖给了公司，只有我自己才明白干这个活有多累，做出来的方案不切实际落不了地，区县分公司的兄弟也骂，市场部现在就像那夹心饼干，两头都不是人，倒是那些个喜欢拍他马屁的，日子过得悠闲，天天晚上开完会陪他去白马街吃夜宵喝啤酒。"

"唉，一朝天子一朝臣，想想还是老李在的时候日子好过，方案最多改三遍，在成本费用渠道补贴甚至任务的分配上，老李基本上以我的意见为主，下面的兄弟也很服气，现在动不动就目标牵引，屁股决定脑袋，任务下得高到天上去，还讲什么一年大变样，三年翻一番，我看照这样下去，不把西江折腾得个半死就算是阿弥陀佛了。"

覃红仿佛憋了一肚子的气，市公司机关本就是个小江湖，可能你刚给人说了句掏心窝子的话，你还没走出办公室，那小报告就打到了领导那里，人心隔肚皮，现在的风气一点都不好，拉帮结派，阿谀奉承，好不容易逮到唐平上来，覃红一股脑儿把苦水全倒在了他头上。

"也许熬过去就好了。"唐平说给覃红听，同时也是自我安慰。

"哎，说说而已，也就是你来了，我才敢抱怨几句，你那里卖场型的核心渠道数量偏少，你要注意，千万不要惹出什么麻烦来。"覃红这才想起要提醒唐平。

"峨城的情况你又不是不知道，整个县城就一条街，从头走到尾几分钟，我哪里去建那么多核心渠道？"唐平有些委屈。

"我是理解你，可领导就不一定了，人家是大地方来的人，哪里能够体会得到这穷山沟的苦，不说了，我得继续改方案，晚上还要过会，不知道又要闹出什么幺蛾子。"覃红苦笑道。

见覃红下了逐客令，唐平便告了辞，他到公司物资部领了些东西放到后备厢，就赶紧开车离开了市公司，免得被方国安抓住，非常时期，还是离他远一点。

回峨城的路上，唐平又到沿线的几个乡镇检查了一遍渠道的情况，连代理商都有些哭笑不得，问他最近公司是不是疯了，一天几拨人下来检查，渠道管理员，市场部经理，分管副总，还有他唐总，代理商倒不是怕他们来，只是一来总得陪着说话，这样一来把正常的生意都耽搁了。

唐平在心里说："老子也不想这样，老子也是被逼的。"

离开了乡镇，回到县城，天已经黑下来了，唐平到盈盈的店里去转了一圈，此时正值节日前的低谷期，人们都等着国庆假期各大手机门店搞促销，有礼品送还能抽奖，店里没什么人。盈盈正坐在前台做账，从开业到现在，平均每个月的手机销量都在一百二十台左右，单机毛利三百元，除去房租水电和人工开支，一个月纯利润在两万左右。

"不要怕，大不了辞职不干了来帮我守店，我养你。"盈盈半开玩笑半认真地对唐平说。

"我脸皮薄，干不来这个事情。"唐平随口说道。

"你那点小九九，别以为我不知道，你是觉得卖手机丢人，当领导指挥别人习惯了，你怎么可能陪着我守店？"唐平屁股还没抬，盈盈就知道他要放什么屁。

"说不过你，我回公司开会去了。"内心真实的想法被老婆揭穿，唐平觉得有些扫兴，便打电话让韦宁通知全体员工吃完晚饭后到公司开会。

不大的会议室里，坐满了黑压压的人，会议室里的空气有些沉闷，很久没有这么晚开会了。自从唐平到峨城主持工作以来，峨城的各项指标一直排在全市前列，员工们也习惯了每天正常上下班，这突然晚上开会，反倒有些不适应了。

"我把丑话讲到前头，这次方总来峨城调研，请大家打起十二分的精神，近期一律穿西装皮鞋上班，平时大家自由惯了，有的人穿短裤凉鞋上班，我也没说什么，偶尔有人迟到，我也睁一只眼闭一只眼，装着没看见，可这次不一样，希望大家能够坚持一下，给方总留一个好的印象。"

"最后再多说一句，谁要是不听招呼，惹出了麻烦，给峨城拖了后腿，我一定让他日子不好过，不换思想就换人。"

不换思想就换人！这句话从唐平的口中冲口而出，怕他自己都吓了一跳，什么时候自己也变得跟方国安一样了？

"散会。"唐平反应过来后，觉得自己的话说得有些重了。等一线的员工散去之后，他又将几个主管叫到自己的办公室，单独请他们喝了一壶茶，又仔细叮嘱了一番，连带着说了些安抚的话，这才回到宿舍去睡觉。

第十八章

终究还是没能逃过一顿骂。

周二一大早，方国安的司机在接到出发的命令之后，就抓紧给唐平打了电话通风报信，说方国安一个半小时后到达峨城收费站，让他务必提前做好准备，同时让他和韦宁到收费站出口处来迎接。

一辆黑色的别克商务车出了收费站，唐平早已毕恭毕敬地等候在路边，方国安摇下车窗，示意唐平开车在前头带路，唐平赶紧屁颠屁颠地上了车，然后手一挥，让韦宁把车开到早已经计划好的路线上去。

"先看乡镇，再到县城，然后到分公司和员工座谈。"

看完乡镇的渠道后，方国安没有说话，可到县城走了几个店后，方国安的脸色开始严肃起来。

"还有大一点的代理商吗？"方国安问。

"没有了，峨城的城区比较小，大的渠道都不愿意来，不过我们一直在努力，请领导放心。"唐平答道。

到了公司，方国安先看了一遍走廊墙上的企业文化和党建宣传，然后又到员工办公区和食堂转了一圈，最后才上三楼的小会议室和员工座谈。

首先唐平代表峨城分公司做近期工作情况汇报，然后是员工们自由发言，看有什么问题或是建议需要市公司改进和解决，方国安让大家畅所欲言，千万不要藏着掖着。

　　气氛一下子活跃起来，有几个员工真的就开始实话实说。

　　"我觉得信号不好是我们目前最大的困难，希望市公司能够给峨城多建些基站。"一个乡镇的员工说道。

　　"我们的套餐资费有些偏高，很多客户反映消费不了那么多，有些地方没有3G网络，赠送的流量包根本就用不了，客户觉得有些浪费。"城区营业厅的店长接着发言。

　　"还有市公司的流程比较烦琐，经常一个流程要走一个星期，效率严重低下，建议公司给予简化。"综合部的员工也提了意见。

　　方国安终于忍不住爆发了。

　　"唐平，你们分公司是怎么搞的？城区渠道不行，员工的信心也不行，信号不好的问题一直提！你们为什么就非要到信号不好的地方去做营销呢，信号好的地方难道就没有我们的目标客户吗？套餐的问题，全市乃至全省都是一个标准，难道就因为一小部分用户的消费需求我们就要去调整去改变？我们需要改变的是我们的思想和用户的消费习惯，流量时代迟早到来，我们需要不断地宣传和引导用户往流量消费上转型。还有流程的问题，这个问题是个严重的问题，请综合部韦主任记下来，回去认真研究，不合理的流程立马整改。"

　　接下来，他指出了唐平的个人问题，兵熊熊一个，将熊熊一窝，员工们之所以抱怨信号和套餐的问题，关键在他这个分公司总经理身上，他没能正确引导，做好员工的思想工作，政治站位不高，业务能力有待加强，他随机抽问了唐平几个具体的套餐资费内容，唐平支支吾吾的，半天也没能说出个所以然来，然后他又问韦宁，韦宁更是大老粗一个，方国安对峨城班子的印象更差了，一直批评到傍晚时分，他饭也没吃，便让司机开车回到了西江。

星期天的周例会上，方国安点名批评了峨城分公司，渠道基础薄弱，员工士气低落，不从自身找原因，全归结到客观因素上，是典型的不作为。会上，方国安还要求综合、人力、市场等部门立即拟订方案，就这次峨城调研的情况认真分析，拿出切实有效的措施，务必要在短期内见到效果。

覃红和魏经理都打电话来安慰唐平，让他不要过于在意，他们早已经被骂习惯了，如今早已无所谓，光脚的不怕穿鞋的，大不了左耳进右耳出，就当是没有听见。

说得轻巧，唐平虽然有些思想准备，可没想到这暴风雨来得如此猛烈，方国安的话像刀一样扎进他的心里。唐平是个好面子的人，又有文艺青年的孤傲和清高，哪里受得了这样的严厉批评，一连好几天，他都气得吃不下饭。

"能不能请李总把我调过去？"唐平给李舒凡打电话诉苦和救助。

听唐平发完牢骚后，李舒凡也有些无奈，跨市调人需要经过省公司，而且还要方国安放人，老李和方国安根本就没有什么交情，老李看不惯方国安小人得志的样子，他更不可能低声下气地去求他，所以唐平的想法根本就实现不了。

"再忍忍吧。"李舒凡劝唐平，"哪里都会有这样的领导，铁打的营盘流水的兵，他方国安不可能在西江待一辈子，说不定他哪天就调走了呢。"

也只能如此，牢骚归牢骚，可工作还得继续。

方国安来后，立即着手对西江进行了大刀阔斧的改革，他首先对市公司部门进行了缩编，人员大量下到一线；然后又从省城请了一家广告公司，让工作人员直接进到市公司与市场部一起办公，负责全市宣传广告的设计与制作；将分管副总的审批权限由原来的五万降低到五千，这种操作与历史上皇帝的削藩行动有类似之处，只不过这样操作的结果是大量的流程最后都要流转到方国安那里，一个流程好不容易过五关斩六将终于走到了最后一步，方国安一看，流程里面竟然有两个错别字，如此粗心大意，这还了得！打回去重新来过，这一去一来，时间又是两天过去了。

听了李舒凡的建议后，唐平做了认真的反思，并按峨城的现状、存在的问题及下一步的整改措施分三部分汇总成了一篇四十页的PPT。这一次，唐平将所有的责任全都揽到了自己身上，客观因素是一点也没提。现状全因自己思想觉悟不高，缺乏危机意识，甚至小富即安所导致，下一步自己将痛定思痛，从团队建设，渠道拓展，宣传营销等几个方面着手，练好内功。最后唐平还表了决心，他表示，自己将拿出破釜沉舟的勇气，力争在一到两个月内让峨城的精神面貌焕然一新，峨城的经营发展再上一个新的台阶。

方国安收到邮件后，回复了一句"很好"，然后在办公室里对覃红说："唐平这小子终于被我骂开窍了，他写的材料你也看一下，然后让各分公司都照着这个模版写一份汇报材料交综合部汇总给我。"

唐平一下子捅到了马蜂窝，好几个分公司的老总都打电话来骂他。

"你小子自己拍领导马屁就算了，为什么要连带上我们？你是名牌大学的高才生，写材料倒是小菜一碟，我们这些大老粗，平时冲锋陷阵可以，真要动起笔来，那是半天也憋不出一个响屁来。"

唐平这才知道自己惹了祸，连忙向大家解释，可这公司里本就复杂，于是就有人传出话来，说唐平是在新领导面前抢表现，献忠心，表面上清高，实则也不过是阿谀奉承溜须拍马之徒。方国安的做法很多人本就有意见，这一来，唐平更是跳进黄河也洗不清了，周末到市公司开周例会，好几个平日里与自己关系不错的分公司老总仿佛刻意与自己保持距离，脸上带着轻蔑的表情，唐平百口莫辩，只好哑巴吃黄连，有苦说不出来。

这是方国安到任后的第一个中秋节，为了表现自己与员工群众打成一片，他特意安排综合部在公司大院里组织了一场中秋晚会，邀请干部家属一起赏月，共进晚餐，为收买人心。他特意给家属们准备了一个红包，把家属们感动得热泪盈眶，纷纷表示要做一个善解人意的贤内助，将整个晚会的气氛引到了高潮。

如果不是因为抽奖环节出现的小插曲，当天的晚会堪称完美。前面的抽奖一节一切正常，有人抽中了电饭锅，也有人抽到一袋大米，可到了最后抽取神秘大奖的时候，主持人在台上宣布，今天最激动人心的时刻到了，所有人都屏住呼吸，准备见证这难得的一幕的时候，主持人突然宣布：

"今天的神秘大奖是四代苹果！"

台下一阵欢呼，所有的人都将目光聚集到准备上台领奖的神秘人身上，是盈盈，盈盈高兴地走上台去，内心早已按捺不住，准备接受领导的颁奖，台下所有的人都以为盈盈抽中的是刚上市的 iphone4，可当主持人拿出四袋陕西红富士时，所有人都愣住了，大家还以为是主持人在恶搞，故意逗盈盈开心呢，可很快主持人就掷地有声地表示：

"最后的大奖真的就是四袋苹果！"

台下一片嘘声。

"这玩的啥嘛。"盈盈感觉受到了污辱，瞬间垮下脸来，提着四袋苹果走下台来，坐到唐平身边，气得话都说不出来，"玩不起就不要玩嘛。"

自己老婆被人当众耍猴，唐平也有些尴尬，但他仍故作镇定，安慰盈盈。

"你也不想想，iphone4昨天才上市，市场上要加价才能买到，怎么可能让你抽到嘛。"

唐平不说还好，一说盈盈就更气了。

"老子又不是买不起。"

活动结束后，盈盈回到宿舍连夜就在网上下单预定了一台最贵的苹果手机，这女人赌起气来，那是谁都招惹不得，那四袋苹果最终被盈盈扔进了垃圾桶，唐平大呼盈盈浪费粮食，反被盈盈骂成没有骨气。

"如果回到战争年代，你一定是汉奸和叛徒。"唐平哑口无言。

唐平给方国安发的邮件就如同立下了一道军令状，但说得轻巧，真做起来哪有那么容易，特别是卖场型的渠道，唐平找了好几个市里的代理商到峨城实地查看，酒倒是醉了好几场，酒桌上代理商们都说得很好，唐总的事情就是他们的事情，请唐总放心，回去一定认真研究，全力以赴支持，可回去后就再也没了音讯，唐平只好打电话去问。

"陈总，建渠道的事情考虑得怎么样了？"

那陈总仿佛酒还没醒，"你谁呀？哦，峨城的唐总啊，这么早？这段时间一直在忙，门面的事情我们再研究研究，你放心，你的事情兄弟一定放心上。"

一连几个电话，结局大同小异，最后终于有人给唐平说了实话，一是峨城人口确实比较少，容不下那么多的卖场，另外公司的政策三天两头变化，这建渠道房租加装修，再怎么也要投入个几十上百万，谁也不敢轻易去赌，他们让唐平稍微缓一缓，如果年底政策有好转，他们一定会重新考虑。

这些都是代理商的托词，唐平终于明白，商人以逐利为目的，有利可图的时候，你不用去劝，他们都会像苍蝇一样闻着味道找过来，可一旦中间有了风险，你就是跪着求他，他也无动于衷。

唐平在渠道建设上一时找不到突破口，只好让员工们加大宣传促销的力度。听徐鹏说有专门给运营商做活动的团队，唐平也联系了一支队伍过来，带头的姓王，是一个光头，一身西装，皮鞋擦得锃亮，脖子上一条大金项链，一看就是跑江湖的人。团队一共三个人，姓王的要求不高，安排住宿，不用高档酒店，宾馆招待所都行，礼品团队自带，分公司安排几个帮忙维持一下秩序即可，活动结束按商量好的价格跟公司结账。

唐平有些好奇，不知道这姓王的到底如何操作，能够将卡销售出去，于是决定亲自去一看究竟。

县城的农贸市场旁，搭起了一个简易的舞台，随着劲爆音乐响起，姓王的在台上卖力地扭动着，一曲黄家驹的《光辉岁月》，让围观的人越来越多，将农贸市场的出口堵得水泄不通，连警察都过来帮忙维持秩序。音乐结束，只见他拿出一堆东西来，有电饭锅、电磁炉，还有皮带、剃须刀等，他将这些东西逐一拿在手上展示，口中大声喊道：

"大家想不想要？"

"想。"台下的观众也热情地回应。

"大家觉得这些东西要多少钱呢？姓王的开始故弄玄虚，三十？五十？还是一百？"

众人不知如何回答，他们没弄明白这家伙到底要干什么，搞表演？还是卖东西？

"不知道。"有挤在前面的小孩回答。

"我说不要钱，你们信不信？"姓王的把话筒举到那勇敢的小孩面前。

"不信！"小孩答道，内心或许在想，我也不是三岁的小娃娃，哪有这么好的事情？怎么可能一分钱不要！

"哈哈，我就知道大家不信，但今天确实真的不要钱，这台上的礼品通通是免费送给大家的，不光不要钱，我们还会免费赠送大家一张手机卡，等下我会给每个人发一张小卡片，大家拿到这张小卡片后，免费到后台领取这张手机卡，同时把我们价值一百二十元的礼品带走。"

人们有些半信半疑，姓王的已经开始发放小卡片，人手一张，小孩除外。

"凭什么歧视小孩？"那小孩也不怕，有些不依不饶。

"小孩子要好好读书，来，给你一个小玩具。"姓王的变戏法似的，从口袋里掏出来一个奥特曼的玩具递给小孩，那小孩立马高兴起来，拿上玩具四处炫耀起来，那些领到了卡片的大人们纷纷挤到后台的帐篷里，手上全都拿着一百元钱！唐平这才反应过来，原来醉翁之意不在酒，那些礼品确实不要钱，那张手机卡也确实是免费的，只不过卡里的话费得自己交，一百块钱，得一百的话费，还额外得了一套号称价值一百二十元的礼品，一个电饭锅，一台电磁炉，还有一条据说是真牛皮做的皮带。

不到半个小时，两百张手机卡被一抢而空，如不是唐平亲眼所见，他绝对会认为这姓王的是在跟他吹牛，可事实摆在眼前，不由得他不信。

连续在县城摆了几天，人们似乎已经对这种套路有些审美疲劳，效果大打折扣，姓王的开始将战场转移到乡镇，同样如法炮制，那一个月，峨城的业务噌噌噌地往上涨，方国安也亲临现场指导，还在月度经营分析会上要求全市效仿，一时间，姓王的分身无术，只好又拉了几支队伍过来，全市巡回演唱。

一个月后，唐平才终于弄明白了他们的套路，利用人们爱看热闹贪小便宜的心理将人吸引过来，然后再抓住人们瞬间的消费冲动，旁边再配几个托，制造出数量有限，过了这村就没这店的哄抢氛围，一举将围观人群口袋里的钱悉数掏出来，而那一套所谓价值上百元的礼品，在浙江义乌的小商品市场里，批发价不过十几块钱。有一天，那姓王的留在唐平办公室里的一口不粘锅掉到地板上，立马就被砸出一个大坑来，那些礼品根本就没有任何的质量可言，但人们当时还以为白捡了个大便宜，等回到家冷静下来才知道是上了当。但姓王的在台上确实讲得很清楚，这些礼品全都是免费赠送的，也没收人们一分钱，免费的东西坏了咋能退换呢？不过好在话费是真的，人们只能认栽。

这种活动在每个地方存在的时间最多只有三天，三天后人们就清醒过来，开始告诉别的人这是骗人的，是套路，千万不要相信天上会掉馅饼，乡镇本就不大，很多都是熟人，一传十，十传百，自然就不会有人相信了。

虽然这种活动有损公司的形象，但毕竟解了短期的燃眉之急，方国安还是在会上肯定了这种做法，他要求各分公司要举一反三，问题嘛，肯定会有的，但一切都要在发展中去解决。

睡觉的时候，唐平把自己的看法跟盈盈做了分享，盈盈在被窝里笑得上气不接下气，眼泪像自来水一般直流。

"都说城市套路深，我要回农村，可如今看来，是农村路太滑，人心也复杂。"

"感觉你们有点缺德。"盈盈笑完后，还不忘将唐平讽刺一顿。

第十九章

唐平的论文终于过了，虽然这篇论文唐平写了大量自己独立的看法，可论文毕竟要引经据典，理论占据了一定的篇幅，再加上很多涉及电信行业及流量时代的内容早已有人做过深度的研究，这样一来，要保证不高于百分之二十的重复率，唐平费了不少力气。

论文答辩结束后，唐平跟两个同学请自己的导师吃了个饭。

"学校的学习其实是很短暂也很匆忙的，那些看似深奥的理论只有回到现实生活中被应用起来，才能体现出它的价值，大家师生一场，老师在课堂上教的那么多知识大家不可能全都听进去，但哪怕有那么一两句话能够引起同学们的共鸣，或者对大家未来的工作生活有所帮助，老师也就心满意足了。"

导师的话让唐平想起自己还在念高中的时候，一位家中长辈说的话。那长辈说，书上得来终觉浅，绝知此事要躬行，读万卷书，不如行万里路，何为社会？社会是由人组成的，与社会打交道，也就是与人打交道，而只有在社会中不断与人交流，我们才会持续得到成长。

听说唐平即将顺利毕业拿到毕业证，李舒凡给他发来了贺电，祝他前程似锦，步步高升。李舒凡在单位也有进步，调过去才两年多，如今已是单位的主任科员。

"省直单位的起点高，说不定哪天一外派就成了县处级领导干部，真到那时候，还望李大处长多多关照。"唐平在电话里给李舒凡好一番恭维，虽然在李舒凡听来有些虚情假意，但听起来还是有那么几分受用。

"晚上来我家住，爸爸周末在宁州开会，妈妈最近去了姥姥家。"

见唐平有些犹豫，李舒凡假装有些生气。拗不过，唐平便只好恭敬不如从命。

刚开始，唐平还在李舒凡家的客房里老老实实地待着，可没过多久，唐平心里便好像猫抓似的，他穿着睡衣，蹑手蹑脚地摸进了李舒凡的房间。仿佛是知道他要来，李舒凡躺在床上，一双眼睛睁得大大的。

两人睡到半夜，突然听到客厅有人开门进来，可把唐平给吓个半死，他赶紧躲到衣柜里藏起来。李舒凡穿好衣服出去，见是妈妈回来了，李舒凡强装镇定，随便打了个招呼，便返回屋里把房门反锁起来，唐平躲在柜子里连大气也不敢出。

不知道过了多久，听到客厅里没有了任何声响，李舒凡才去客房帮唐平把衣服拿来，唐平穿好衣服，像小偷一样悄悄地打开门溜下楼去，李舒凡让他出去之后就在附近酒店开个房住，可唐平哪里还有睡意，便连夜开车回到了峨城。

盈盈最近迷上了韩剧，下班回到宿舍就躺在床上追剧，常常被电视里的俊男靓女之间的爱情感动得稀里糊涂的，通常一追就到深夜。唐平有个怪癖，哪怕房间里有一丁点声音，他也睡不着，盈盈已经把音量调到了最低，唐平依然不满意，最后盈盈没了办法，只好抱着笔记本到客厅里去。

"真搞不懂有什么好看的，现实中哪有那么多的长腿欧巴，电视不过是骗骗小女生的眼泪罢了。"唐平半夜起来上厕所，见盈盈还在强撑起眼皮坚持，没好气地说道。

"你们男人不懂，我们女人整天不是守店就是厨房，再过两年都变成黄脸婆了，还不允许我们多少幻想一下？"盈盈有些不服气，嫁给唐平好几年了，始终在西江和峨城之间来回折腾，在网上卖卡的事情刚有些起色，便被唐平紧急叫停，好不容易存了点钱，又全都投到了店里，买在市里的房子也暂时没钱装修，一直住在单位租来的房子里。

"我们女人没有多大追求，只希望能有个安稳的家。"

"面包会有的，蛋糕也会有的。"见盈盈开始没完没了，唐平赶紧闭了嘴回到房间里。

盈盈的店虽然生意一天比一天好，可前期投入的钱还没回本，再加上房贷和车贷，仍然把唐平压得有些喘不过气来。

最近唐平喝酒的时候，全身开始冒出一些红色的小疙瘩，有时候那疙瘩还很痒，手上，背上，密密麻麻的，到处都是，去药店一看，人家告诉他这是皮肤过敏，让他吃两颗息思敏。唐平吃后果然药到病除，可第二天喝酒的时候，那些疙瘩很快重新长了出来，而且越来越大，越来越痒，到最后甚至没有喝酒也会有，唐平很是苦恼，便到西江人民医院去查了个过敏原，不查不要紧，一查把唐平自己都吓了一跳，结果显示竟然有四十多种过敏原。

"是不是吃米饭喝白开水都会过敏？这可怎么办？"

医生摇摇头。

"没有什么好办法，只能尽量避免，辛辣的、刺激性的、高蛋白的食物尽量少吃。"

唐平开始整宿整宿的失眠，早上起来洗头，洗手池里到处都是碎发。还是盈盈看出了些端倪。

"你这是压力太大导致的，身体的功能都开始紊乱了，再这样下去，情况只怕会更加严重。"

盈盈一提醒，唐平自己也感觉到了，自从王老板的促销队伍撤走之后，新用户的发展又恢复到了最初的状态，此时正是一年之中的淡季，白天太阳明晃晃的，晒得人眼睛都睁不开，街上冷清得连鬼都打得死人，进店办业务的人就更是两只手都能数得过来，可方国安不管，他要求各县要错峰营销，也就是白天人不出来，那大家就晚上进村找上门去，打着手电筒挨家挨户地宣传。要说一点效果没有，确实不太客观，但毕竟这时节留守在家的不是老人就是小孩，真正能办业务的人少得可怜，再加上夜晚进村，村里的人突然间见到陌生人，自然心生警惕，担心会遇到骗子，员工们连续在几个村子遭到拒绝，心里早已泄了气，直骂方国安不是人。峨城一个月内已经有三个员工提出辞职，唐平再三挽留，可人还是头也不回地走了，一个月两千多的工资，还要养家糊口，换成是谁也没办法活得下去。

第二十章

唐平心中的不满情绪终于如火山一样爆发了。

年终慰问，峨城是方国安的第一站，方国安像往常一样到分公司座谈，给员工发放慰问红包，然后在众人的簇拥下到早已经预订好的饭店和员工一道吃饭，这是运营商多年以来沿袭下来的传统。

方国安坐在主位，唐平首先开场。

"感谢方总百忙之中莅临峨城关心慰问我们，同时也感谢峨城全体兄弟姐妹一年来对我工作上的支持，希望大家能够在新的一年里再接再厉，再创辉煌。"

唐平的开场白过后，众人轮番上阵向方国安敬酒，方国安来者不拒，很有领导风范，唐平坐在他下首，毕恭毕敬地聆听着领导的教诲。

团队该如何建设，市场又如何统筹，方国安滔滔不绝，如数家珍，"想当年我在省城的时候如何如何"，虽然这些话唐平早已经听得耳朵起了老茧，可他仍然认真地洗耳恭听，生怕表现出一点点的不耐烦被方国安发现了。

身边排队敬酒的人渐渐少了下来，方国安抬头望去，包间里原来是三桌此时只剩下了一桌。

"还有两桌人呢？"方国安问。

"那两桌女生居多，都不喝酒，我就让他们先回去了。"唐平答道。

这很正常，方国安之前的老李在的时候，喝到一半，老李主动都会让女员工们回去，免得家属有意见。老李的做法深得女员工们喜欢，不喝酒干坐着本来就很无聊，不如早点散去。可这一次唐平高估了方国安的胸怀，只见他脸色瞬间阴沉下来。

"什么团队！连个饭都吃不团结，简直就是一群乌合之众，领导都还在，凭什么他们能先走？"

方国安十分不爽，嘴上咄咄逼人，唐平一时语塞。见唐平沉默，方国安更气了，他握起拳头捶打着唐平的胸口。

"兵熊熊一个，将熊熊一窝，这种队伍如何能打胜仗？你告诉我，我的平哥，我的唐总，你干脆给我回家种地算了！"

方国安酒精上头，越说越气愤。积蓄在唐平心中的怒火终于被点燃了，他拿起桌上的酒杯啪的一声摔在地上，朝方国安喊道："去你妈的！老子早就不想干了！"唐平怒目圆睁，眼里看得见血丝。总助韦宁和市公司综合部韦主任见状，赶紧上前拉住唐平。

"唐总你喝多了！赶紧向方总赔礼道歉。"

"我道他妈的歉，老子们整天在一线累死累活，他没有一句好话，这也不行，那也不行，你让老子干，老子还不想伺候了呢，你开除我啊！"唐平咆哮道。

包厢里乱成一团。

"你会后悔的！"方国安气呼呼地下了楼。

"走，回西江！"方国安的车屁股腾起一股黑烟，很快便消失在路的尽头，只留下唐平和韦宁一干员工愣在原地，祸已经闯下了，韦宁安排司机将唐平送回宿舍，交代盈盈一定要照顾好他，免得唐平一时激动想不开，又干出什么傻事来。

唐平回到家里，仍旧气不打一处来，满嘴脏话，大骂方国安不是人，是畜生。

"老子早就看他不顺眼了，骂他算是给他留足了面子了，没动手打他就算是他上辈子烧了高香了。"

盈盈给唐平倒了杯热水，唐平喝下，心情这才稍微平复了一些。

"你想过没有，得罪了方国安，接下来你还怎么在公司工作？"盈盈问道。

唐平此时已经恢复了理智。

"他能把我怎么样？处分我？开除我？"

"那倒不至于，那样不显得他小肚鸡肠了？怕就怕他在背后整你，想办法给你小鞋穿。"盈盈头脑十分清醒。

"那怎么办？"唐平也意识到了问题的严重性。

"去跟他赔个礼道个歉？"盈盈试探道。

"我怕他是想多了，赔礼道歉？老子凭什么要跟他赔礼道歉？他凭什么要所有人都陪着他喝酒，就因为他是领导？"

"你好好想想吧，我也不勉强你。"盈盈知道唐平的脾气，他认定的事情，犟起来比驴还倔，就是十头牛也拉不回来。

一个晚上，唐平翻来覆去的怎么也睡不着，是不是自己真的太冲动了，只图一时爽快，却忘了方国安是自己的领导，掌握着自己的生杀大权，如今将他得罪了，以后还会有好果子吃？方国安到底会怎么收拾自己呢？三天两头找麻烦，降职降级，还是直接找机会将他干掉？唐平觉得自己就像那案板上的肉，只能任人宰割，却没有任何反抗的余地。

难道我惹不起还躲不起吗？唐平问自己，干脆一走了之，方国安的做法很多人早已看不下去，只不过自己忍功不够，提前爆发了而已，读书人岂能摧眉折腰事权贵，对，做人必须要有骨气，与其低三下四，不如拍案而起，天下之大，不可能没有自己的容身之地，此处不留爷，自有留爷处。

下定了决心，唐平的心里好受了许多。天亮了，盈盈早已经起床去开店，唐平仍然躺在床上呼呼大睡。仰天大笑出门去，我辈岂是蓬蒿人。

唐平睡醒的时候，太阳已经晒到了屁股，他起得床来，打开电脑，将自己的简历做了一些修改,然后在OA通讯录里找到了老家A省分公司人力资源部领导的电话。

拨通电话，唐平做了简单的自我介绍,对方听说唐平还是研究生，立马表现得很感兴趣。

"你为什么想到要回来呢？"对方问。

怎么回答？当然不可能说自己和领导闹翻了，要重新找个地方上班。

这种事情自然难不倒唐平。

"家中父母年纪大了，身体不好，家里就我一个儿子，自古百善孝为先，主要是想回家尽几天孝道。"

对方一听唐平年轻，能力又强，还是个孝子，便让唐平抓紧把简历发过去，他好跟领导汇报。

邮件发送成功后，唐平赶到盈盈的店里，他让盈盈暂时让店员守着，他拉着媳妇到一家咖啡馆，找了一个僻静的角落，把自己的想法跟盈盈一股脑全倒了出来。

"与其苟且偷生，不如远走高飞，另谋出路。"唐平有些激动。

"少安毋躁。"盈盈十分冷静。

"能不能回去还不确定，除此之外，还有一些棘手的问题，店怎么办？房子怎么办？如果回去还是遇到同样的领导又怎么办？"

一连几个为什么，把唐平问得哑口无言。

"不可能那么倒霉吧。"唐平苦笑道。

"一切皆有可能。"

盈盈劝他不要着急，好好冷静下来思考几天，如果唐平真的想好了，她还是那句话，嫁鸡随鸡，嫁狗随狗。

盈盈的话让唐平多少有了几分底气。

几天后，A省的回复来了，同意接收，但跨省调动必须得经过集团公司人事，目前最难的是要方国安同意放人。

目标已经达成了一半，唐平决定横下心来，一不做二不休，干脆快刀斩乱麻。他试着给方国安打了个电话，方国安没接，或许正在气头上呢，于是唐平只好给他发短信。

"方总，我有点事情跟您汇报。"唐平尽量控制住自己的情绪，把内容发得客气一些。

过了许久，方国安才回了一条。

"明天上午十点，你和韦宁一起过来，我正要找你们谈谈峨城的事情。"

　　他和唐平之间发生的矛盾，仿佛压根儿就没发生过，这或许正是暴风雨来临前的宁静，方国安这会儿指不定正在思考要怎么收拾自己呢。

　　"方总，我汇报的是自己的私事，我还是一个人过去吧。"

　　方国安没有回复，不表态就是默认了唐平的请求。

　　一大早，唐平就去理发店吹了个头发，把自己打理得像一个精神小伙。今天是去和方国安谈判，短兵相接，气势绝不能输，唐平已经想象到方国安听到自己提出辞职时，一定会暴跳如雷，给自己列一大堆的罪状出来，然后最大的可能就是拒绝签字。唐平一个乳臭未干的毛头小子，竟然让他在酒桌上下不来台，他又岂能轻易放过他，对，方国安一定会卡住自己的脖子，到那时候自己该怎么办呢？唐平没有想好，走一步算一步吧。

　　出乎唐平的意料，当他在方国安面前提出要辞职回老家的时候，方国安表现得异常的平静，不仅如此，方国安还表扬了他。

　　"有孝心，是个好孩子，放心回去吧，字我一定会签的，方国安跟他保证。"

　　顺利得有些出乎意料，唐平简直不敢相信自己的耳朵，他生怕自己听错了，可当时方国安的办公室里并不止他一个人，人资部的魏经理也在现场，他和方国安之间的对话魏经理听得真真切切。魏经理还十分诧异，怎么突然之间就提出来要走，之前一点征兆都没有，魏经理知道回家照顾老人不过是唐平的托词，离开西江才是最终的目的。从人力资源管理的角度，员工要离职，无非有几个方面的原因，一是因为待遇问题，其次就是心里受了委屈，干得不开心，当然二者皆有的也不在少数。

得到了方国安的肯定答复后，唐平一下子轻松了下来，他第一时间跟盈盈把情况进行了汇报，盈盈沉默了许久，终于说了一句话。

"好吧，你想好了就行。"

与盈盈的反应不同，李舒凡在电话里哭出了声来，唐平要走的消息来得太突然，她没有任何的思想准备。在与唐平重逢之后，她就下定了决心，此生只在心里默默地守着这个男人，她不奢求唐平能给她任何的名分，可如今李舒凡心里这一小点的幻想都要随着唐平的离去而破灭了。

"你真就那么狠心？"李舒凡有些控制不住自己的情绪。

"我也不想，可我能有什么好的办法？"唐平很是无奈。

是啊，李舒凡特别能够理解唐平，不屈服于任何人，只遵从自己真实的内心，大胆去追求幸福和自己想要的生活，她何尝又不是如此？

"放心去吧，我会做那个永远在背后默默支持你的人。"

就要离开了，毕竟是工作生活了好几年的地方，这里的人早已变得那么的熟悉，魏经理他、覃红、韦主任，还有峨城的兄弟姐妹，唐平心中万般不舍，盈盈的店很快就盘了出去，算上房租和装修，才刚刚开始盈利。盈盈十分伤心，这个店就像是她自己的儿子，十月怀胎，好不容易生下来养大，如今却要拱手送人，换谁心里也不会好受。

"我觉得方国安早就巴不得我走了，难怪他那么淡定。"房间里盈盈正在认真地打着包，唐平突然间来了一句，把盈盈都逗得笑了。

　　"难道他要跪着求你留下来，你才开心？"

　　"那倒不必，他没有阻拦我，我已经感谢他八辈祖宗了。"唐平笑道。

第二十一章

看到方国安在调动申请表上签了字，唐平悬着的心终于落了地，覃红对唐平的离开有些遗憾，同时也有些羡慕。

"还是年轻好，说走就走，没有任何的顾虑，不像我这个年纪，上不上下不下，没有离职的勇气，继续干下去又心有不甘，一个中年男人的悲哀，年轻时候总是心存侥幸，以为这一天不会落到自己头上，正如一首歌唱的那样，'初听不识曲中意，再听已是曲中人'。走吧，趁年轻，远走高飞，去追求自己想要的生活，不再等到飞不动了给人生留下遗憾。"

覃红的话，听得唐平很是伤感，自己走的这一步到底对不对？自己也没有把握，但如今早已没了退路，自己选择的人生，就算是跪着也要把它走完。

一大早，盈盈拉着唐平去了西山的寺庙算了一卦，上上签，那和尚口中念念有词，好半天才睁开眼睛告诉唐平。

"施主未来几年仕途顺利，财运亨通，但要注意预防小人陷害，凡事要小心谨慎。"

盈盈听得十分认真，和尚讲完后，盈盈还特意烧了一柱一百九十九元的高香以示感谢，出了寺庙，唐平笑盈盈太过奢侈。

"看那和尚的面相，肥头大耳，油光满面，一看就不是什么潜心修行的得道高僧，之所以说得天花乱坠，不过是骗钱的把戏而已。"

唐平从不信鬼神，"如果一切都是命中注定的话，人还那么努力干什么？"

唐平的话音刚落，就被盈盈一顿批评。

"所谓心诚则灵，很多事情宁可信其有，不可信其无，就算是求得心中安慰，花点钱也是值得的。"唐平不再争辩，即便那和尚胡编乱造，但人家说的都是好话，自己信也好，不信也罢，全都随他去吧。

唐平的行李装了满满一车，这几年盈盈像蚂蚁似的往家里搬了不少东西，电视、洗衣机、空调、电饭锅、电磁炉等所有居家生活的东西一应俱全，把一台四米长的货车塞得满满当当，这一次搬家就再也不回来了。望着空荡荡的宿舍，唐平有些感慨，曾以为来西江后会在这里待一辈子，六十米大道上的房子还没来得及装修就要放到中介转卖出去，这些年在市里和峨城之间来回折腾，住的都是公司的宿舍，唐平和盈盈就像那一直没有根的浮萍，随波逐流，风一吹，又不知道要漂向何处。

车离开市区驶上了高速，唐平的心也被一同打包带走了。

唐平的同学早已经在黔阳给自己租好了房子，唐平本来想租一套三房一厅，离上班的地方近一些，可盈盈不同意。新到一个地方，到处都要用钱，能省则省。最后那同学帮忙给找在了城中村，一处村民私盖的三层小楼。

村道十分狭窄，货车勉强能够通过，唐平同学请了几个背篓（与重庆的棒棒类似）帮忙将家具搬进三楼的屋子里。收拾停当后，唐平决定先到老家住上一段时间再回来上班。

　　唐平的父母对唐平这一次的决定十分满意，虽然是在省城，但也算是回来了。

　　"回来了好，一个人在外面举目无亲，遇上点事情都没有人商量。"唐父虽然没读多少书，是地地道道的农民，但一些简单的道理他还是懂。调动的流程还需要几天，这难得的假期让唐平彻底放松下来，身上那些三天两头冒出来的红疙瘩好像一夜之间就消失得无影无踪，盈盈不幸言中，看来还是压力太大了，唐平突然想起了刘德华的一首歌，"无形的压力压得我好累，开始觉得呼吸有一点难为……微笑背后若只剩心碎，做人何必撑得那么狼狈，男人哭吧哭吧不是罪……"

　　"有时候离开不是逃避，而是为了更好的出发。"唐平如此安慰自己。

　　走在熟悉的乡间小路上，风吹来，唐平感觉连空气都有一股甘甜的味道。唐平沿着小路爬到坡顶俯看着村子，整个村子安静得有些可怕，唐平记得小时候村里的鸡刚打鸣，村里的狗就跟着叫了起来，紧接着是牛和马的声音，小孩们打闹的声音，大人呼唤小孩的声音，各种声音混杂在一起，好不热闹。这些年村里的年轻人全都外出打工去了，只剩下些老弱病残留守在村里，从村里到镇上的公交车一个小时来回一趟。想起那年大雪，唐平和盈盈带着儿子在镇上等了三四个钟头最终也没能挤上车，最后两人背着儿子拖着行李走回家，脚都肿了。往事有些不堪回首，唐平不禁感慨万千。

　　安静了几天的手机终于响了起来，是A省分公司人力资源部的田经理打来的电话。

"唐平！你小子跑哪里去了？好几天打你的电话都不通！"

"我回老家了，老家信号不好。"

"难怪，我还以为你消失了呢，赶紧回来去分公司报到。"

挂断电话，唐平这才想起自己已经回村里有些日子了，自己都快要忘记还有份工作。

唐平按照田经理的安排，先到市公司人力资源部报了个到，然后马不停蹄地直杀黔阳。

唐平已经没了刚去西江时的忐忑不安，一路上逢山开路，遇水搭桥，不懂的就问。到分公司上任，市里派了一个副总到场宣布，员工们有些诧异，他们实在弄不懂这个新来的家伙到底什么来头，有多大的能量能够莫名其妙地从外省空降而来，就连一同来宣布的副总也有些想不通，一路上问了唐平不少的问题，诸如唐平在集团或者省公司有没有什么熟人之类。唐平明白那副总的意思，别的人不要说跨省，就算跨市调动也犹如登天，在他们看来，唐平一定是在集团公司有人。

管他呢，有人就有人吧，面对大家的质疑，唐平讳莫如深，干脆装傻，既不承认，也不否认，大家更确信唐平身后有着强大的背景，人们越传越邪乎，传到最后，甚至有人试探性地问唐平，有人说你是省公司老总的外甥，到底有没有这回事？唐平差点笑出声来，怎么自己就莫名其妙地多了一个舅舅出来？管他呢，这样也好，初来乍到，难免有人欺生，一听说唐平的关系不简单，别人巴结还来不及呢。

第二十二章

城中村的房子质量实在是不敢恭维，连续下了几天的大雨，天花板上就积满了水。唐平两口子在床上睡得正香，只听得轰的一声响，头上吊顶的扣板突然间脱落下来，两人被淋成了落汤鸡。高原上初秋的夜晚，冷得像是过冬一样，黑暗中，唐平和盈盈你看着我，我看着你，有些哭笑不得。

"便宜无好货，还真是这样，搬家吧，哪天这房子塌了被埋里面都不知道。"唐平点了点头，天亮就落实。

两人才住不到一个月就搬了出来，房东自知理亏，也不敢多说什么，便全数退还了押金和剩余的房租。公司的同事来帮忙搬东西的时候，唐平显得有些尴尬，自己好歹也算是个领导，被员工们发现自己竟然住在这种地方，面子上多少有些挂不住。

忙活了一个下午，终于从城中村搬到了公司附近的一个小区里，除了停车不太方便外，其余的都还好，一千二一个月，租金由公司负责，唐平这才知道原来公司针对没有买房的领导干部有专门的政策，像唐平这样的可以租一套一百平方米以内的房子，三室一厅。

"咋不早说？"唐平问分公司综合部张主任。

"你没问，我们都以为你在黔阳市区有房子呢。"张主任显得有些无辜。

"确实不能怪你，是我没问。"唐平说话的语气有所缓和。

到了黔阳以后，唐平发现这里的工作节奏明显比西江慢了许多，员工们到点就下班回家，也从来不帮着渠道促销，员工们每天的工作就是到渠道上去补充一下宣传广告，顺便做一些政策或是系统操作之类的培训。

"这里一直都是这样吗？"唐平问分公司市场部经理索经理。

"以前不是这样，是去年省公司换了领导之后才这样的，那时候我们也是成天的促销，摆摊设点，像无头苍蝇一样到处乱转，可越忙，业务越差，待遇更是一年不如一年，长此以往，便形成了恶性循环，员工辞职的比招进来的还多，像吃流水席一般，根本留不住人，好在新领导来后，采取了两方面的措施，一是开始宽带业务的社会化合作，引进社会民间资本，由代理商负责社区及乡镇农村的宽带资源投资，发展业务后与公司进行收入分成，分成的比例高达百分之五十，连续分成时间五到十年；二是员工所有的奖励提前预发，年底再进行清算，员工工资普遍翻了两到三倍。人为财死，鸟为食亡，员工拿到了钱，干劲自然就足了，代理商也一样，自己投资当老板，根本不用催，起得比鸡还早，睡得比狗还晚，有了代理商拼命，员工只要做好支撑就行了。"

与西江比起来，唐平仿佛是到了另一个世界，西江的方国安恨不得把员工榨干到最后一滴血，还沾沾自喜认为是在最大限度挖掘员工的潜力，不知道方国安看到黔阳的这种情况，会不会羞愧到找个地缝钻进去？不过以方国安的个性，应该不会，他一定会将所有的责任全都归结为下面人的问题，是他们没有做好执行，而自己的管理思路不可能有什么问题。

唐平在办公室里闲得有点发慌，便转到大街上去看能不能找到点什么商机。滨湖区不大，两纵两横，但核心区域半径不过一公里，银行珠宝店基本都集中在这一带，当然还有农贸市场通信一条街，由于人流集中，街面上的生意很好，很少看到有门面转让的广告贴出来，接连问了几家，店老板都摇头，表示自己的门面不可能转让。

看来要租一个好的位置，除非下血本高价拿下，没有别的办法，可从西江回来，唐平卡上的余额已经所剩无几，动辄几十万元的转让费和房租，唐平就是砸锅卖铁也凑不出来，只能慢慢想办法了。盈盈已经休息了很长一段时间，把所有的韩剧都追了一遍，再这样下去肯定不是办法，还得做生意，靠唐平一个人的工资，不要说什么小康生活，就算是养家糊口也有些够呛。

可这事急也急不来，还得看机遇，运气砸在唐平身上的时候，他自己都没有一点思想准备。

职教城里的一家数码店开得半死不活，婴儿车，小孩的衣服，还有几双臭烘烘的鞋子，手机柜台上的宣传单页散落了一地，墙上海报的日期还停留在一年之前。店老板是个年轻人，头发染成了黄色，唐平进来，店老板连头也没抬，只顾着玩自己的游戏。唐平像空气一般站了半天，他咳嗽了一声，那老板才发现店里多了一个人。

"要买点什么？"店老板一脸的困倦，应该是通宵游戏耽搁了睡睡。

"老板，生意好吗？"唐平递了一支烟，又掏出火机替那人点上。

"哪有什么生意？连房租都挣不起。"店老板见他不是来买东西的，又准备埋下头去继续游戏。

"生意不好，门面打算转让吗？"唐平试探性地问。

"你是来看门面的？"店老板问。

"有这个想法，怎么转？"唐平见有希望，便进一步问道。

"货照单全点，不要转让费，你把剩下的房租给我，刚给学校交了一年的房租，还剩下四个月，生意太差，要不是学校还有押金，我早就撤退不干了。"

爽快！唐平在心里快速地测算一番，货值不了多少钱，四个月的房租加押金顶多两万，什么都是现成的，只要稍微整改一下，就可以重新开业，这是一所四千人的职校，有人就有市场。店老板自身经营不善，好好的一个店，被糟蹋得像个牛圈，学生会进店才怪，柜台里的数码配件摆得稀稀拉拉的，学生就算是想买，也不知道买什么，这生意能好才怪。

双方一拍即合，很快便签订了合同，黄毛拿着钱，头也不回地走了，仿佛是担心唐平随时都有可能反悔。

店面不到三十平方，唐平请人重新吊了顶，墙壁也刷成了白色，墙上的木柜拆掉了，换成了透明的玻璃柜，手机专柜两边一字排开，射灯打在上面，各种款式的手机和配件闪闪发光。周末的时候，唐平和盈盈到台湾大厦逛了一天，将店里布置得满满当当的，耳机、数据线、充电宝、键盘、鼠标、路由器，全都是最新最潮的款式。新店开业，店门口摆满了花篮和绿植，学生们像发现新大陆一般一拥而入，很快就将店里的东西抢了个精光，连唐平都给看傻了眼，很多学生来晚了，柜台里早已空空如也，只好承诺先收订金，次日一大早到批发市场进得货来再交给学生。

一直忙到晚上十二点，这才想起午饭还没吃，两人饿得前胸贴着后背，回到宿舍胡乱煮了碗面条。桌上的零钱摆成了小山，两人整整数了一个钟头，第一天开张就卖了两万，估计黄毛几个月也没卖得这么多钱，盈盈脸笑得开了花，直夸唐平有眼光。

"你也不看我是什么人？学管理出身，又是MBA。"

唐平王婆卖瓜，自卖自夸，真是给点阳光就灿烂，给点雨水就泛滥。

第二天一大早，两人便开着车赶到台湾大厦，黑色的帕萨特变成了货车，尾厢和后排全都塞满了东西。

"堂堂公司老总，居然神不知鬼不觉地干起了投机倒把的副业，这要传出去，还不让员工们笑掉大牙？"盈盈在店里上货，唐平在一旁自嘲。

"有钱才是总，若是穷得叮当响，谁还会管你什么总，鼻青脸肿，啥也不是。"

唐平只是开个玩笑，盈盈一下子便上升到了人格尊严的层面，唐平无言以对，盈盈说的确实是实话，想当初二人在城中村半夜被水浇成落汤鸡执手相看泪眼的时候，又有谁会同情和可怜。

唐平白天上班，下班就到店里去帮忙，实在忙不过来了，盈盈就招了两名学生兼职，有工资还管饭，学生们也干得挺欢。学生的家庭条件都比较艰苦，穷人的孩子早当家，唐平仿佛从他们的身上看到了自己的影子。

第二十三章

林中打电话来的时候，唐平正躺在办公室里的沙发上午休。

"师兄，晚上有没有安排？"林中在电话那头问。

"暂时没有，咋了？"唐平睡得有些迷糊，不知道林中所为何事。

"我们有个大师兄在省委办公厅做领导，我约了他好久，他今天终于答应出来和我们一起小聚，你也过来吧。"

"没问题，我一定到。"唐平从沙发中坐起来，一下子睡意全无。

东山电视塔下一家独具民族风情的酸汤鱼馆，林中早已经等候在包房内。林中是唐平大学时的小师弟，上大学时常一道从黔阳坐火车出发去南京，几十个小时的绿皮火车，坐得人腰酸背疼，漫长的时间让人有些崩溃，大家便挤在一起玩牌打发时间。唐平三天两头在学校组织老乡们小聚，林中算是其中的活跃分子，关系自然走得要近一些，林中大学毕业便考上了省通信管理局的公务员，知道师兄唐平回到贵阳，林中便第一时间联系上了他。

林中邀约一起吃饭的还有几个这些毕业后回到黔阳工作的校友，有创业开公司的小老板，也有事业单位的小领导。一阵寒暄过后，大家聊起在大学校园的时光，金川河，眼镜湖，后山的小亭子，很多人在学校都有着自己的故事，讲到激动处，眼眶不自觉地就红了。

快接近饭点的时候，一位头发有些斑白的老同志开门走了进来，林中赶紧起身。

"彭师兄！"他快步走上前，彭师兄紧紧握住林中的手，抱歉地说道："不好意思，小林，单位临时有个会，我来晚了。"众人起身，林中先向大家介绍师兄的身份，"彭局,79级大师兄，巡视员，也是我们第一届A省校友会秘书长。"

介绍完了师兄的身份，林中又逐一将其他校友做了介绍。

"彭局，我是唐平。"唐平伸出右手。

"听林中说起过你，之前在西江？回来了好，离家近，熟人多。"

彭师兄坐在主位，林中和唐平分列两边，看着满满的一屋子师弟，彭师兄感慨万千。

"好久没跟这么多校友聚在一起了，我们那时候工作包分配，但每年从A省考去学校的人少之又少,国家取消大学生毕业分配制度后，很多人都选择去了北上广深，整个校友会只有我们几个老头子，要不是林中主动联络，我都不知道在黔阳还有这么多的师弟师妹。"

新模范马路老校区外的那些小吃摊，大家再熟悉不过了，彭师兄最喜欢校门左边那家鸭血粉丝汤，听说几十年过去了，那家老店依然还在老地方，师兄潸然泪下。

"还是年轻时候好,除了读书学习，无忧无虑，一晃自己都老了。"

桌上的酒一杯接着一杯，几轮过去，老彭有些微醺。

"小唐，今后遇到事情跟师兄吱一声，凡是我能办到的，我一定尽量。"

唐平连干了两杯表示感谢，掏出手机留下了老彭的电话。

黔阳的冬天直冷到骨子里，是那种说不出的阴冷，送走老彭后，唐平和林中又到附近的夜市摊上点了几块小豆腐，喝了些啤酒。

在家靠父母，出门靠朋友，有时候人际关系也是生产力，而这种关系对于像唐平和林中这样往上数三代都是农民的年轻人来说，更多只能靠自己的努力去慢慢建立，校友，老乡，同学，回黔阳后，唐平感受最明显的区别就是熟人渐渐地多了起来，想当初在西江，放眼望去，举目无亲，除了盈盈，唐平能够依靠的就只有李舒凡了。

已经有些日子没有跟李舒凡联系了，唐平终于想起要给她打个电话。

"我还以为你快把我给忘了呢。"电话那头的李舒凡此刻正慵懒地躺在床上。

"小的不敢，唐平赶忙解释，刚回来事情太多，千头万绪两眼一抹黑，整天忙得头昏脑涨的，这不，刚有时间歇口气，我就赶紧给你老人家请安来了。"

"不要解释，解释就是掩饰，黔阳的美女那么多，怕不是有了新欢忘了旧爱吧。"李舒凡仍不打算放过唐平。

"真是比窦娥还冤，我是啥人，你还不知道？"唐平百口难辩。

"那倒是，我也确实想不到，除了我，还有谁看得上你？"李舒凡一点也不谦虚。

"别拿我开涮了，怎么样，说说你的情况。"唐平试图转移矛盾的焦点。

"我，一切照旧啦，上班，回家，两点一线，不过最近我爸妈催婚催得紧，就连我那些好久不见的七大姑八大姨都被我妈发动起来

129

向我逼宫，我都已经被迫相了好几次亲了。"

"相到帅哥没有？"唐平心里酸溜溜的。

"你猜？"

"肯定没有。"

"你的意思是我不配和帅哥相亲？哼，真是有眼无珠，你也太低估本大小姐的实力了。"

"那倒是，以你的实力，追你的男生还不从东大排队排到相思湖？"

"哈，算你有点眼力，我的那些亲戚帮我介绍的相亲对象，不是政府的公务员，就是大型国企里的小中层，不过我一点都不感冒，他们一上来就问我打算什么时候结婚，什么时候要孩子，全都是直奔主题，就像是完成任务一样，我又不是他们的传宗接代生孩子的工具，所以当我跟他们说我不打算结婚，更不想要孩子时，他们全都傻眼了，可能在他们眼里，我是个不折不扣的另类，这种像交易一样讨价还价的相亲在我看来实在是毫无意义，简直就是在浪费彼此的时间。都什么年代了，还讲究门当户对这些老一套的婚姻观念，所以我出去应付了几次之后，我干脆就告诉我妈，人家压根儿就看不上我，说我人长得不咋地，要求还很高，你猜我妈怎么说？"

"你妈肯定是骂你不食人间烟火。"唐平说。

"哈哈，小样，猜错了吧，我妈当即大骂那些男生有眼无珠，说她这么个如花似玉的闺女居然被人像烂狗屎一样嫌弃，真是瞎了他们的狗眼，不嫁了，就算是养我一辈子，她也不嫁了，我妈还气急败坏地准备去找我那些七大姑八大姨的麻烦，被我好说歹说才给拉住了，我劝她不要和那些人一般见识，因此气坏了身子不值得。

"要是让我妈知道我是编故事骗她的，我估计她得被我气吐血，哈哈。"李舒凡笑得花枝乱颤，有些上气不接下气。

"你太坏了，连你妈都骗。"唐平笑道。

"还不是因为你，哼，真是不知好歹，不理你了，明天我就去随便找个钻石王老五嫁了算了。"李舒凡有些生气。

这女人的心思真是难猜，刚刚还艳阳高照，一眨眼就乌云密布，狂风暴雨。

"好好好，我不笑你了，你做得对，我们家的李舒凡大美女岂是那些凡夫俗子所能比？"

"这还差不多，你要在我面前看我怎么收拾你。"李舒凡见好就收。

挂完电话，唐平又回到夜宵摊上。

"我还以为你掉到厕所里去了呢，上个厕所去这么久。"林中给唐平倒了一杯啤酒，死活要他自罚一杯，唐平这才发现自己和李舒凡打了半个小时的电话，唐平只好认栽，将满满一杯啤酒仰头一饮而尽。

唐平打了个嗝，夜市的灯光在酒精的作用下变得有些昏暗，唐平一看手机，竟然已是凌晨三点，林中在路边给他打了个车，唐平便一路睡到了目的地。

第二十四章

　　学校的数码店生意十分火爆，盈盈的堂弟陈冲也在学校里念书。大二的课程相对较少，常常是上午两节，整个下午都没课，盈盈让他下课就到店里来帮忙。陈冲个子高，长得又帅，嘴巴像抹了蜜似的甜，哄得一群小女生五迷三道的，一下课就到店里来找他搭讪。

　　"你是把我这个店当成了你的恋爱实习基地了吧。"小女生们走后，盈盈笑道。

　　"现在的女生可不比我们那时候，一个个的现实得很，没有车没有房，没有彩礼，谁会心甘情愿地和你过苦日子，哪像我，唐平不仅没来一分钱彩礼，我家还倒贴了一笔，想想真是傻得可爱，我俩刚去西江的时候，连台风扇都买不起，我大姨当时帮我介绍了好几个县城里的有钱人家，我想都没想就拒绝了，也不知道他哪来的那么大的魅力，让我一路上跟着他，颠沛流离，年年搬家。"

　　"什么叫潜力股？我这种就是。"唐平下班还没进店，就听到盈盈在店里数落自己。

　　"潜力股没看到，倒看到了一个大屁股。"盈盈正蹲在地上给一堆货打标签，扭过头去一看，一个肥大的屁股正对着自己。

　　"正好，我们忙得连饭都没吃，你守一下店，我们先去吃饭。"

"去吧。"唐平的角色转换十分迅速，刚刚还是个西装革履的小领导，现在摇身一变成了小店老板。配件销售，手机贴膜，唐平干起来得心应手。

一阵急促的铃声过后，上课时间到了，学生们如潮水般退去，店里一下子冷清下来，唐平走到店外去透气。这是学生食堂一楼的一排门面房，挨着盈盈数码店的是一家每日鲜果，店内的灯光有些昏暗，店老板是一个四十岁上下的中年妇女，没人进店，她抱着一个三四岁的小孩坐在电脑前追剧，电视看得入了迷，唐平走进店里转了一圈，她也没有发现。

"老板，生意怎么样？"唐平突然出声，把她吓了一大跳。

"吓死我了，你是什么时候进来的？你是隔壁数码店的老板吧？"

"我早进来了。"唐平点了点头，隔壁邻居这么久，他和她还是第一次说话。

"生意差得很，一天就卖几百块钱，房租都赚不回。"说起生意，那女人忍不住直叹气。

"还是你们家生意好，从早到晚店里都是人，这个学校的学生真是奇了怪了，私立学校，明明都很有钱，但就是不进店来买水果，我打算做完这学期就关门了，到街上去推个板车也比守在这里强。"

鲜果店里唯一的照明来源是天花板上的一个小灯泡，灯泡的内壁有些发黑，光线勉强能够透过厚厚的玻璃射到外面来。货柜上的苹果已经瘦成了核桃，像一个个干巴老者。那些坏了的猕猴桃招来了几只苍蝇，唐平手一挥，那些苍蝇便轰的一下子四散开去。墙角里的蜘蛛网显然已经有些日子了，网上布满了灰尘，风一吹，网还轻轻地晃动。

唐平从水果店里出来，见盈盈和陈冲已经吃完了饭回到店里，唐平跟盈盈说了水果店的情况，盈盈斜了他一眼。

"我就知道你没憋什么好屁，说，是不是想把旁边的水果店盘下来？"

"真是英雄所见略同！"唐平竖起了大拇指。

这是学校唯一的一家水果店，离学生宿舍近，又跟食堂在一起，地段和位置较好，在校学生有四千多，不用担心没有市场，只是现在这家店里的水果品类单一，基本上就是些苹果梨子之类的东西，就算是卖到快要烂了也舍不得扔掉。再一个就是店面的环境差，蛛网密布，灯光昏暗，服务就更无从谈起了。

唐平再一次运用自己所学的经济学知识进行了分析，当唐平盈盈再一次走进隔壁的时候，墙上营业执照法人的名字已经换成了盈盈。俗话说隔行如隔山，按理说卖数码产品和水果不一样，但同样是开店，只是进货渠道不一样而已，这个山相对要矮得多。一个周末的时间，两人便摸清了其中的道道。

原来这家的老板的货基本都是别人送上门，除了正常的辛苦费外，人家自然还要在进货的价格上小赚一笔，这样一来，货还没摆上架，成本无形中已经提高了，要保持正常的利润空间，价格就必须超过街面上的那些店，学生肯定有意见，如果价格和外面一致，那么利润空间相对就低。为了解决这个问题，两人决定直接到黔阳最大的水果批发市场去进货，将销售的价格标得比外面还低，学生周末上街一对比，何必舍近求远，生意自然噌噌地就上去了，盈盈还专门进了一批奇珍异果，满足一小部分学校里的高端消费人群。店里的品类多了起来，陈冲成了新店的店长，他又一次发挥了他帅气和口才的优势，半个月后，鲜果店便人流如织，唐平和盈盈每天很早便起了床，小亦轩在后面，像个跟屁虫一样，大人走到哪里，他就跟到哪里，一路上呵欠连天，边走边抱怨下次再也不来了，一上车倒头便睡，拉水果的面包车连座位底下都塞满了西瓜，盈盈怀里还抱着一箱蓝莓。

到学校帮忙卸了货，唐平急忙赶到公司，市场部经理小索给他来电话，说有个代理商来拜访，已经在办公室坐好半天了。

唐平来不及换衣服，一身的灰尘，他跑到卫生间随便洗了把脸，稍微整理一下，便进了办公室。汪小虎茶都喝饱了，见唐平进来，他连忙起身，两人紧紧地握住了对方的手。

"好久不见。"

是的，好久不见，唐平刚来报到的第一天，汪小虎正好也在，晚上公司的接风宴上，两人一见如故，接连干了好几个大杯。汪小虎和唐平同年，人虽年轻，却很有经商头脑，大学毕业后他父亲曾把他安排进了县城的农村信用社，年薪近十万，可他只干了半年便辞职出来了。

"朝九晚五，一眼就看到头，那不是我想要的生活。"汪小虎说，"我辞职的时候，我爸把我骂了个狗血淋头，说我不知天高地厚，等到有一天撞得头破血流后悔了千万不要求他，可我还是坚持自己的想法，辞职后在我们那个小县城开了个手机店，第一个月赚的钱差不多就是我上班半年的工资，很快便开了第二个、第三个店，正好赶上运营商有房租补贴政策，我便将店开成了连锁店，运营商给的补贴加佣金基本上够房租和人员工资，手机销售的差价就是纯利润，你想想一个店每个月能卖两三百台机子是什么概念。或许真就应了那句话，站在风口，猪都能够飞起来，这个时代，只要你胆子大，够勤奋努力，到处都是钱。后来县城的市场已经饱和了，我就来到了黔阳，目前在市区已经开了三个大卖场。"

听完汪小虎的故事，唐平都有些辞职的冲动了，想当初自己在西江开的第一个店，与汪小虎的经历何其相似，只是自己最终还是没有勇气脱离体制，创业刚起步就因不满方国安的霸道作风而夭折，如果当时狠下心辞职专心开店，也许结局已是另一番模样。

唐平对汪小虎有些惺惺相惜的味道，两人再次见面仿佛已是认识多年的老朋友，寒暄过后，汪小虎说明了这次拜访的来意。

"我组建了一个团队。"汪小虎用手比画了一下，"一个十几个人的团队，专门负责给很多二级渠道供卡，什么意思呢，也就是在黔阳的大街小巷，有很多的报刊亭，小卖部，杂货铺，平时他们也卖卡，但这些地方的经营者大多是老人或者是文化水平相对较低的人，运营商的开户系统十分复杂，他们弄不懂，也不想弄懂，怎么办呢，我安排人提前把卡开出来，充上话费，他们把卡销售出去的时候将卡激活。这样一来，这些二级渠道就省事多了，就跟卖一包烟那么简单，顾客一手交费，一手交货，卡插到手机上就能用，每张卡我就赚五块钱，但抵不住量大啊，成百上千的二级渠道，每个点每个月几十张卡的销量，累积起来可不是个小数目。"

汪小虎的头脑确实好用，唐平自己也做生意，可从来就没想过还有这么简单粗暴的赚钱方式。

"好是好，但由于门槛较低，别人学起来也简单，这不，很快就有了竞争对手，他们给二级渠道的价格更低，二级渠道的老板也是墙头草，风吹两边倒，谁给他赚钱多就跟谁。"

唐平明白了，汪小虎嘴上说是来帮他，实际上是来要钱的。

"要多少？"汪小虎话都说到这个份上，唐平再不表态就明显是揣着明白装糊涂了。

"不多，一张卡两块钱。"汪小虎伸出两个手指，"我只要这么多，每个月帮你走一万张卡如何？"

一万张卡两万块钱，这与当初盈盈在西江时干的事情何其相似！只不过销售的模式变了，场景也变了。唐平在心里盘算了一下，便爽快地答应了，两万就两万，每卡预存款五十，一万张卡就是五十万的收入，再说这些卡和当初盈盈在网上卖出去的短信卡截然不同，这些卡的存活率相对要高得多，用户买回去一般都会长期使用，不是简单的一次性卡。

汪小虎的目的达到了，"中午，老瓦羊肉，我请客。"唐平正要客气，汪小虎不由分说便拉着他下了楼，一起的还有市场经理小索。

第二十五章

　　唐平在公司就像是一个幽灵一样，神出鬼没。周一早上十点唐平到办公室组织几个主管开例会，半个小时就结束了，自那以后，员工们常常一个星期都不见他的踪影，他到盈盈的店里去转上一圈，然后就通知小索安排好下午的活动。说是活动，其实就是找几个人一起研究国粹，唐平的牌技勉强过关，但手气却是比脚气还臭，自那以后他便多了一个绰号，人称唐三千，打牌必输三千，员工们倒是十分高兴，这等于是唐总变相发年终奖，工作更有效率了，三两下把手头的事情处理完，才有更多的时间去唐平的口袋里掏钱。于是好长一段时间，哪个员工突然间买了件新羽绒服，或是家里又换了台洗衣机，那一定是唐平友情赞助的。唐平也不生气，屡战屡败，屡败屡战，权当是交学费了。

　　校友们三天两头往滨湖跑，唐平是湖边农家乐的常客，这一次，除了林中等几个熟悉的校友，老彭还带了一个人来给唐平认识。

　　"现代学校的张校长，和我是老乡。"老彭介绍道，他们学校原来在老城区，明年准备搬滨湖职教城，以后你们多交流。

　　"幸会幸会，还望张校长今后多多指教，我最敬佩的就是老师了，想当年高考失利，差一点就上了师范，如果当初听了老师的话，选择复读，可能现在和张校长就是同行了。"

"哪里哪里，早就听老彭说唐总年轻有为，今日一见果然名不虚传，明年学校搬新校区，学校的位置有点偏僻，几家运营商在那个地方都没有网络，还拜托唐总帮忙解决。"张校长主动端起了酒杯。

"小事情，张校长的事情就是我小唐的事情，彭局是我师兄，你和他是老乡，那我就不叫你张校长，改叫你张哥吧。"唐平顺水推舟，和张校长称兄道弟起来，张校长年龄上比唐平大差不多两轮，但有老彭这层关系，年龄上的鸿沟自然就不存在了。

"我明天就去新校区，看有没有什么好的办法解决。"唐平给张校长做了保证，张校长连连感谢，说这几年修新校区可把他们折磨惨了，信号时有时无，找了几家运营商都不愿意在那个地方建基站，办起公来简单是要了老命，连报个账都得回市区才能处理。

听张校长这一说，唐平对刚才自己拍的胸脯有些后悔，光顾着吹牛了，也没给自己留点余地，这要真解决不了，如何跟老彭交代，哎，管他呢，先喝酒，牛皮是吹出去了，明天的事情明天再说吧，大不了再请老彭喝顿酒赔个不是就行了。

第二天一早，唐平便叫上小索和负责网络的同事一道去现代学校实地勘察，车在狭窄的村道上不知颠簸了多久，唐平都快睡着了，一行人才到达了目的地。学校的新校区在一个山坳里，附近的村民全都搬走了，只剩下一堆钢筋水泥的建筑，雨后的路十分泥泞，走在地上鞋底沾上厚厚的一层泥，怎么甩都甩不掉，学校一名栾姓副校长早就等在指挥部，见唐平一行人到来，像是见到了救星似的。

"早就盼着你们来了，这鸟不拉屎的鬼地方，前不巴村后不着店，你都想象不到这几年我们在这个地方是咋办公的。"

唐平掏出手机，只有一格信号，唐平在指挥部前面空旷的地方走了几步，很快连那一格信号也消失了，屏幕上显示只能拨打紧急电话。

"还真是这样，栾校长，你们平时怎么互相联系呢？"

"工地上有对讲机，和外界，就要看运气了，每次都要到处找信号，有几个高一点的地方勉强能够断断续续通话，所以娱乐基本靠手，通信基本靠吼，没有办法，谁叫当初我们选到了这个地方呢。"

"最近的基站离这有多远？"唐平问负责网络的同事。

"估计得有四五公里。"小伙子答道。

"有办法吗？"栾校长问。

确实够呛，唐平心里思忖着，嘴上却不急于答复。

"有一定难度，但办法还是有的，我们回去研究一下看如何解决。"

唐平考虑了半天才说，这样既不至于断了学校的希望，也给自己留了余地。

一听有希望，栾校长无论如何要带着唐平去参观下学校的办公楼、食堂和学生宿舍，所有的建筑外墙全都做完了，工人们正在装修内部，各种机器工作的声音非常刺耳，唐平围着学生宿舍转了一圈，似乎是想起了点什么。

"计划招生多少？"他问。

"明年计划两千，第一年嘛，总要保守一些，总的在校生规模最终要达到六千。"

栾校长讲完，唐平的心里便有了底，我们回去想想办法，问题肯定是能解决的，唐平终于表了态。

回到公司，唐平马上安排小索拟了一个方案，《关于现代学校业务置换的思路汇报》，小索写完后，唐平又亲自做了一些修改，这才将方案发给市公司市场部和分管领导。

这是一个全新的想法，在此之前，全市都没有先例，市公司组织开了几次研讨会，又反复测算，终于拍了板，同意滨湖区分公司提的建议，通过资源投入进行业务置换，即公司免费给学校做基础网络建设，将配套基站和网络资源接入到学校，满足学校的教学办公，但学校需要与公司签订独家进入协议，承诺协议期内，只能与公司合作，不得中途引入其他运营商的网络资源。

学校本来就有需求，如今不仅解决了当前的燃眉之急，还白白省了上百万的基础网络投资，正是求之不得，于是很快便通过学校办公会，双方合作以十年为限，唐平和张校长分别代表双方签订了协议。签约仪式上，张校长一再感谢，称唐平的公司不愧是运营商中的佼佼者，有责任有担当，不像其他两家，动辄漫天要价，久拖不决。

唐平也发了言。

"这是我们应该做的，一个企业如果只看经济效益而没有一点社会责任担当，那么这样的企业肯定不能长远，学校是教书育人的地方，我们愿意尽自己的一点绵薄之力，在力所能及的范围内最大可能地解决好问题，把服务做好。"

张校长彻底被唐平感动了，他紧紧地握住唐平的双手，两人朝台下的镜头望去，很久都没有松开。

签约仪式结束，唐平给老彭打了个电话。

"师兄，你交代的事情我已经办妥，请您老人家放心。"

老彭在电话里连连夸赞，不愧是同门师兄弟，办事雷厉风行，一点都不拖沓。

"惭愧惭愧，还要多向师兄学习。"在老彭面前，唐平不敢装大，好在事情解决了，也算是了了一桩心事。

第二十六章

唐平刚起床，就接到市场部经理小索的电话。

"唐总，出事了！"

唐平脑子一下子嗡嗡的。

"出啥事了？是机房火灾还是车祸？"

唐平第一时间想到的是安全问题，当年在峨城发生的事情唐平至今仍历历在目。

一个乡镇片区的小伙子到市公司开会，向唐平申请用车，唐平想也没想就同意了，可谁知道那小伙子开完会回县城的路上将一个十岁的小女孩撞飞出去十几米远，那小女孩当场就昏死了过去，拉到医院检查，颅内出血！这下可不得了，小女孩的父亲带着村里几十号人拉着横幅堵到了公司楼下，唐平哪里见过这阵仗，吓得连面都没敢露。找不到人，乌压压的一群人转头就去了县政府，唐平没了法，只好硬着头皮去应付。

在政府信访室，唐平表态。

"全力医治，该公司承担的责任，我们决不逃避。"

惹祸的小伙此时惊魂未定，在唐平办公室哭得一塌糊涂，只差跟唐平跪下求他了，唐平顾不上骂，立马将情况跟市公司老李做了汇报，那幸亏是老李，如换了方国安，唐平不死也得脱层皮。老李显得十分淡定，当即组织财务、综合、法务等部门开会，最后决定先行救人，分公司没有钱，打申请向市公司借，责任追究的事情暂且摆在一边。

唐平这才像吃了定心丸，有了老李做后盾，钱是不缺了，唐平隔三岔五的到医院去探望，那女孩家属的情绪也慢慢平复下来，毕竟交警也判定自己一方有一半的责任，既然公司愿意出钱，家属再胡搅蛮缠也没有什么意义了。

小女孩在重症监护室住了大半年后去世，除去保险，公司额外赔偿了几十万，这桩事情才算彻底了结。因出了安全事故，唐平被通报批评，罚了三个月的绩效。虽然过去了这么久，可唐平至今想起来仍心有余悸，一个花季少女的生命因一场车祸戛然而止，谁遇上都会终身难以释怀，所以唐平平时最关心的就是安全，安全无小事。

小索的电话让唐平有些心慌，难不成又出事了？

"倒没有那么严重，汪小虎的卡被管局查到违反了实名制。"小索在电话里报告。

"实名制？"唐平松了一口气，"那你那么慌张干什么？"

"实名制也不是小事呢，这次管局抽查到，弄不好要被处分。"小索不敢隐瞒，只能如实相告。

"如何处分？"

"严重的降职降级，听汪小虎下面的业务员报告，这次一共查到了十多张卡，关键还现场搜到了一批假身份证，听说二级渠道的老板都被警察带走了。"

"这么严重？"唐平刚刚落下的心又开始悬了起来。

144

市公司老总也在电话里把唐平骂了一通，让他好自为之。唐平一下子蒙了，汪小虎的卡一直都走得很顺，之前虽然也有实名制的问题，但都是公司内部查到，大不了对渠道罚款了事，可这次直接到管局层面，可就不是罚点钱能解决的问题了。

第二十七章

在滨湖公园门口的茶楼里，唐平和张校长正在喝茶，红茶养胃，绿茶提神，张校长对茶道颇有些研究，越讲越精神，唐平只能被动应和。一壶茶过后，张校长这才想起是唐平请他喝茶，自己净顾着说话，竟忘了唐平喝茶的目的。

"唐总不会只是请我喝茶吧。"他问。

"主要是喝茶，当然也有事要请教。"见对方问，唐平也不再拐弯抹角。

"学校学生宿舍一楼的门面，学校有什么安排没有？"

"门面？哦，我知道了，你说的是食堂对面的那一排吧？"张校长不知道唐平为何突然间关心起门面的事情来。

"目前是空着的，学校还没有规划。"

"如果，我是说如果，如果我帮你们建一个双创基地如何？大众创业，万众创新，学生在学校里只能学到理论知识，如果能有一个基地给学生提供创业和就业的机会，学生将课堂上的理论知识与实践相结合起来，是不是一举两得？"

"你继续说。"张校长把椅子往前挪了挪，摆出洗耳恭听的架势。

"简单点说，就是学校提供场地，我出资建设一个孵化基地，免费提供办公场所和办公电脑，基地引进一些高科技企业入住，学生既可以在这些企业兼职赚取收入，有愿意创业的，公司还提供公司注册、财务及其他方面的支撑服务，帮助学生创业。"

"这是好事啊，可是建设双创基地的资金从哪里来？"张校长有些疑惑。

"我自筹一部分资金，同时国家对双创基地的补贴也能解决一部分。"

张校长听明白了，唐平是想借学校的场地做自己的事情。

"要不你先拿一个初步的方案来，我召集班子开会研究这个事情。"

那是当然，虽然是校长，可学校也不是他一个人说了算。

茶喝完了，唐平开车送张校长回学校，然后转头便去了市区，他要找人写一份详细的双创基地建设方案。

近两年，各地的双创基地如雨后春笋般冒出来，几乎每个县都有一个孵化器或是创业园，唐平联系的是一家杭州的公司，专业为地方政府做双创基地的建设和运营，有很高的品牌知名度。

听说唐平要在学校建双创基地，对方有些不太相信，对方直接告诉唐平，大部分的双创基地都靠着政府的补贴在生存，真正自己盈利的很少，因为双创基地向入驻企业收取的房租几乎可以忽略不计，弄不好连水电费都付不起。

这真是隔行如隔山，外行看热闹，内行看门道，自己只看到四处的双创园弄得十分热闹，却不想盈利能力如此之差。

"就没有其他办法了？"唐平有些不甘心。

"除非学校能够配套经营性的项目给你，比如门面，你可以开超市、理发店、奶茶店、水果店、数码店等等。"

唐平真是一点就通。

"你说的这些东西我熟啊，将双创园建在学校的其他地方，让学校把食堂对面的一排门面给我用作经营不就行了？"

有了办法，方案也就有了思路，唐平预付了一点订金，对方安排人去看了现场，回来便着手开始方案的设计。

张校长给方案的设计提了一些建议，他要求方案必须紧紧围绕学校的专业特色，以大数据、汽车维修、电子商务等为核心，引进一批有实力的企业入驻，产学研结合，双创园的位置可暂定在学校信息中心一二楼，面积约一千五百平方米，方案设计公司安排了一位经验丰富的才经理专门负责，与为地方政府设计的孵化器和产业园来讲，这个简直就是小儿科，三两下方案就出来了。学生宿舍一楼的门面作为双创园的配套，也被冠上了创业咖啡，创业超市，双创图文，双创鲜果，双创美发等名字，实际上就是一堆奶茶店，超市，打字复印店，水果店，理发店，只不过在方案中披上了招募部分学生共同参与经营的外衣，美其名曰学生创业实践基地。

方案完成后，唐平第一时间发给了张校长，张校长回了个收到，便再也没了下文，唐平也不好催，过了些日子，他决定亲自去学校看看情况，刚进校门，他就被眼前的一幕惊呆了，学校里空空荡荡的，一个人也没有，只剩几个塔吊孤零零地矗立在工地上。

学校停工了！指挥部里只留下一个保安还在坚守。

"已经停了好些日子了，听说是没贷到款，施工单位拿不到钱，便单方面停了工，什么时候开工？谁知道呢，也许几个月，也有可能一两年，但一时半会应该是复不了工了，慢慢等吧。"

148

原来如此，难怪发给张校长的方案如石沉大海，没有一点音信，唐平拨通了张校长的电话，很快那边便传来了张校长的声音。

"哎呀，唐总啊，真是不好意思，最近因为学校新校区建设的事情忙得焦头烂额，双创园的方案我看了，思路和定位都很清晰，可现在最大的问题是学校在银行的贷款一直没能批下来，双创园的事情只能先放一放了，等工地一复工，我们马上就把双创园的事情提上日程。"

事已至此，唐平也无话可说，双创园的事情暂时摆在一边。

水果店里，盈盈正冲着堂弟陈冲发火。

"好好的店不守，非要去弄那些歪门邪道的东西。"

还有一年才毕业，盈盈就给陈冲把工资开到了三千，可最近陈冲被几个同学蛊惑着一起去玩手机麻将，他们一共三个人，每人配两三台手机，可同时开好几张桌子。三人在开好的桌子前坐好，只等着那个三缺一的大冤种进来，三人互相能够看到对方的牌，三个打一个，想不赢都难，一天下来，轻轻松松几千块钱进账，赢了钱，好不快活。

"成天守在店里有什么前途，趁年轻多搞点钱不好吗？"

盈盈的说教，陈冲一句也没听进去，反倒认为堂姐迂腐，盈盈差点气得一口老血吐出来。见唐平进来，盈盈把手机往柜台上一摔，便气呼呼地走了出去。

"真是朽木难雕！你跟他好好讲讲。"

"犯法的事情可做不得。"唐平直截了当，"你们在网上开房打麻将，本身就是赌博，三个人合谋做局打一个，还有诈骗的嫌疑，弄不好是要坐牢的呢。"

"姐夫，我们又不是三岁小孩，吓不倒我们的，说句不怕你多心的话，盈姐就是见不得我们好。"

唐平一时语塞，话题一下就被聊死了，好言相劝却成了挡他人财路，这让自己还如何劝得下去，算了，就由他去吧，年轻人不撞南墙是不会回头的。

"话已说到这个份上，你好自为之吧。"唐平知道陈冲已经被快钱冲昏了头脑，再劝也没什么意义。

陈冲头也不回地走了，盈盈一个人看两个店，分身乏术，只好又招了两个学生兼职，唐平一下班就到店里帮忙，那灰头土脸的样子，你要说他是个老总，鬼都不信。

唐平刚下了一筐水果，就接到了市公司人力资源部冼经理的电话。

"喂，老冼！"

"喂，老唐！"

"什么事？"

"在干啥？"

"上班呢，还能干啥？"

"你看到OA上的混改方案没有？"

"混蛋方案？什么混蛋方案！"

"你说在上班，鬼都不信，你抓紧看一下，领导觉得拿你那里做试点比较合适。"

"我？"

"yes！"

"需要投资不？"

"此混改非彼混改，属于内部承包，一分钱不要就能当老板，只象征性地交点保证金意思意思。"

"有这种好事？我研究研究再回复你。"

"不行，我得去公司一趟。"挂断电话，唐平抓紧把车上的货下完，很快便赶到公司，路上，唐平打电话让小索将文件打印出来送他办公室。

第二十八章

一大早，市公司十楼会议室的空调就开到了最大。

唐平在离职承包协议上签下自己的名字，站起身来，才发现市公司欧总早已伸出了右手。他有些激动，紧紧地握住领导的手，久久没有松开，台下响起了热烈的掌声，经久不息，摄影师及时按下快门，记录下了这一激动人心的时刻。

"让我们恭喜小唐，哦，不对，应该是恭喜唐董事长，敢为人先，做第一个吃螃蟹的人，也预祝滨湖分公司在唐董事长的带领下业绩蒸蒸日上，再次掌声祝贺。"

说完，台下又是一阵雷鸣般的掌声，不知道谁喊了声"唐老板威武，苟富贵，勿相忘"。众人大笑。欧总将嘴附到唐平的耳边悄悄说道："小唐，你只管撸起袖子加油干，政策上的事情，我和市公司就是你的坚强后盾！"

欧总的话让唐平差点感动得流下泪来，恍如梦中。

"请领导放心，我一定肝脑涂地，不负组织重托！"唐平的表态发自肺腑，从西江回到黔阳，唐平早已没有了刚上班时的激情，可如今，那种激情仿佛又回来了。

签约仪式结束，唐平立马做了安排，要求小索迅速落实以下几件事情：

首先，以最快的速度完成新公司的工商注册，他任新公司董事长兼总经理，原分公司区域负责人担任高管，全体员工为股东，配备监事，股权结构按照早已商量好的比例进行分配。

其次，立即完成银行对公账户的开启，所谓兵马未动，粮草先行，一旦武器弹药到位，他将立即组织全体将士冲锋陷阵，攻城略地。

最后，要做到责任明确，自我加压，在市公司下达的任务基础上加码百分之二十。成立战区制度，要求各战区守土有责，权责利匹配，将激励前置，即改变原来每月兑现工资、年底发放奖励的惯例，调整为基本工资和奖励提前预发，年底清算。

才几天时间，小索就向他汇报了一系列工作的进展情况，营业执照已拿到，本来正常流程至少一星期，但小索加班加点，两天就打印出来了，银行主动派人上门办理了对公账户开户，市公司的第一笔款正在走流程，预计周五下班前到位；任务已明确到人，员工个个摩拳擦掌，只等他一声令下，便能像狼一样地冲上去将敌人撕得粉碎。

员工们发现唐平的工作习惯也发生了变化，在此之前他基本不组织开会，每周只在周一早上组织各片区负责人开一个例会，会议议程简短得可怜，各片区汇报上周情况及需要公司解决的问题，市场部小索做工作安排，散会，整个会议时间一般不超过四十分钟。会后，员工们就再也见不到他的踪影，遇到有事处理给他电话，找索主任！唐平甚至有些不耐烦。他的工号全在综合那里，遇到事情需要协调上级部门，找小索！唐平在公司就像是空气一样的存在，用他的话说，他就是个形象代言人。合同总要签吧，还有一些重要的审批，那可马虎不得！

"那好，下午三点，我将开车路过公司门口，麻烦你把文件抱到路边来，我在车上签。"

"工作上的事情，拖一拖总会过去的。"

很长一段时间，唐平感觉自己已经变成了第二个周家兴，他将无为而治的思想在滨湖分公司发挥到了极致。

"我都做完了，那员工还能做什么？"

说来也怪，自回到黔阳，滨湖区的经营业绩连年中等偏上，用唐平的话说，既不做出头鸟，也不当垫脚石，便是工作的最佳状态。干到第一名，就会有人将你树成典型，各种学习考察接踵而来，不堪重负。做到倒数，上级领导天天批评更是难过，不上不下，中庸之道。

"快年底了，今年的指标也完成得差不多了，要学会适当控制一下进度，掌握一下节奏，给明年留些余地，工作是永远干不完的，任务嘛，适当超一点就行了。"唐平说的一点，通常能够精确到百分之零点几。

员工早已习惯了他放羊式的管理，有事不要找他，滨湖分公司在全市的考核排名一直很稳定，就像他的位置一样，唐平在分公司负责人的岗位上一干就是三年，不出意外的话，他还将在这里继续干下去，直到任期届满。

所谓混改，即混合所有制改革，是国企为激发基层活力，打破员工薪酬分配的天花板，鼓励员工持股，实现利益共享，风险共担，让员工当家做主做老板，增强员工归属感和责任感的一种有效路径。

几天前的下午，在唐平的办公室里展开了一场关于是否参与混改试点的全员大讨论，如参与，就必须与原单位解除劳动合同，不过文件上面也留了余地，如两年内员工不愿意继续混改，还可回到原单位，按离职前的职级安排岗位。根据方案内容，参与混改后，人财物权利全部下放，如完成上级公司下达的任务，全体员工拿到的报酬将是原来的三倍甚至更多，如超额完成利润，还将按超出部分的一定比例进行兑现，上不封顶。

"我们听你的，你说往东，我们决不往西。"

员工们对他的高度拥护差点没把他感动得流下眼泪，他还能说什么呢？一个字，干，就算前面是刀山火海，他也干了，就为了员工对他的信任，即使粉身碎骨，也值了。

统一了意见，他马上给冼经理回了个电话。

"老冼，我们经认真研究和慎重的考虑过后，决定报名做混改的试点，当一回改革的先锋，哈哈哈哈。"

"领导确实没有看错人，唐平，你小子人年轻，又有想法，好好干，年薪百万不是梦！"

"年薪百万？"

"对，年薪百万！"

那天晚上，唐平还真做了一个梦，他梦见自己一连签了好几个上千万的大单，大大超出了公司规定的利润目标，市公司欧总专程让财务去银行把奖金兑换成了现金，那现金堆在公司的会议室里，摆成了一座小山，把所有人的眼睛都看直了，唐平戴着大红花站在领奖台上，接受全市上下的仰望和膜拜。

梦里，他开着一台限量版的豪车，带着他手下的"高管们"去了一趟海边，在那如珍珠般洁白的沙滩上，所有人穿着泳衣尽情地狂欢着，不知何时，员工们将他团团围住，他们把唐平举起来，抛到空中，落下，然后再次抛上天去⋯⋯

　　梦醒了，他将身边睡得正香的盈盈摇了起来。

　　"什么年纪了，还做这种不着边际的梦？"盈盈的魂还停留在国贸的服装店呢，美梦被惊醒，盈盈直骂他幼稚。

　　"不要螃蟹没吃着，反倒让螃蟹给夹了。"

　　"燕雀安知鸿鹄之志？"

　　谁是鸿鹄？当然是他唐平。

　　一大早他给冼经理去了个电话。

　　"老冼，对于接下来的工作有没有什么好的建议？有没有成熟的案例可供参考？"

　　"历来改革都是摸着石头过河，不管白猫黑猫，能抓住老鼠就是好猫，干好了，你就是成功案例！"

　　"干不好呢，算是失败的教训吗？"唐平没有问，在他看来，自己选的路，就是跪着也要走下去，在他的字典里，只有成功，没有失败。

第二十九章

汪小虎第一个给唐平打来电话表示祝贺。

"要不要考虑在滨湖开一家卖场？"一番感谢之后，唐平问他。

"那是当然，不瞒你说，这几年我已经在黔阳开了十二家卖场了，我的理想是做成全省最大的手机连锁企业，批发零售一体化。"电话里的汪小虎意气风发，公司一年光发给他的佣金就上千万，他俨然已是公司最大的合作代理商，用汪小虎的话说，现在的他都是直接和省公司领导谈政策，如不是因为和唐平的关系，他才不屑与一个区县公司直接对话。

"果真是士别三日，当刮目相看。"

唐平刚到滨湖的时候，汪小虎才开始进入黔阳，这才多久？不过短短两三年时间，人家已经是响当当的大老板了，工作只能养家糊口，做生意才能财富自由，唐平感慨起来。

汪小虎答应很快来滨湖踩点，他的要求很简单。

"要开就开在最好的位置，租金嘛，无所谓，反正公司至少补贴一半。"

唐平把小索叫到办公室，让他尽快找到合适的位置，汪小虎这样有实力的核心渠道，别的地方求都求不去，如今送上门来，自然要认真对待。

欧总要调走的消息像长了翅膀一般，不到半天便飞进了所有人的耳朵里。

是高升！

几个月前就传他要走了。

"黔阳这几年的业绩一直在全省前列，他调走是迟早的事情！"有人告诉唐平。

在一个单位，没有什么内容比换老大更值得让人关心的了。

欧总调走前在黔阳市的最后一次调研地点是在滨湖分公司的会议室。座谈会上，他对滨湖分公司上下一心支持混改工作表示了衷心的感谢，对滨湖分公司混改一段时间来发生的可喜变化给予了充分的肯定，他希望滨湖分公司全体能一如既往地支持唐平同志的工作，同时也希望唐平同志能够带领滨湖分公司为全市乃至全省下一步的混改工作做出标杆和典范。座谈结束后，欧总和所有的员工一一握手，他表示即便是离开了黔阳，他依然会十分关注滨湖分公司的后续发展。

唐平目送欧总的车离开，眼睛像被风吹进了沙子，红肿得有些厉害。

欧总的离开，让唐平心中隐约觉得有些不安，这种不安唐平在西江老李调离时就出现过。

小索去了一趟市公司，回来就向唐平传递了一个信息，现在全市上下都在议论滨湖分公司，关注的焦点主要是工资，说都干一样的活，凭什么滨湖分公司的工资是其他单位的几倍？

"这是典型的吃不到葡萄说葡萄酸，谁叫他们报名时一声不吭，个个做缩头乌龟，这也担心那也怕，甚至还有报了名，等到了公示环节才临阵退缩当了逃兵的，这能怪谁？"唐平有些愤怒。

"现在见人真的吃到了螃蟹，眼红病就犯了！"

"甭理他们，把我们自己的事情做好就行！"

"林子大了，什么鸟都有，走自己的路，让别人说去吧。"唐平如此安慰小索。

欧总在的时候，就有人对滨湖改革后的待遇问题提出类似的异议，全都被他劈头盖脸地骂了回去，可如今领导调走了，会不会出什么新的幺蛾子，唐平心里也没底。

新的领导很快从省公司空降到位，姓刘名明昊，唐平本想第一时间去汇报工作，可一连几天都没能遇上，领导不是开会就是出差去了。新官上任嘛，很多事情还没有理顺，下基层，调研，走访，听汇报了解情况也是必需的，可刘总都来了快一个月了，几乎所有的分公司都去了一遍，也没到滨湖来调研，唐平就有些坐不住了，新领导是个啥意思，是对滨湖分公司的工作不太满意？还是另有原因，唐平冥思苦想也未能想出个所以然来，于是索性不去猜测，只管埋头干好自己的本职工作。

也许是他们改了革，市公司要给他们更大的权力和空间，让他们更好地自由发挥吧，老欧还在的时候就曾表过态，要求市公司各职能部门只管做好服务，尽量少去打扰滨湖分公司的正常工作。

但愿如此吧，唐平在内心暗暗祈祷。

然而唐平的担心终于还是来了，事情并没有沿着他设想的方向去发展，反而变得十分糟糕。

在月度例行的经营分析会上，新领导含沙射影地将滨湖分公司狠狠地批了一顿，说个别分公司领导严重不讲政治，党建工作流于形式，还到处宣扬说什么混改后只抓发展不搞党建，如此下去是要出大问题的。

刘明昊没有点名，但所有人都知道他说的是谁。刘明昊发言的时候，唐平想要解释，但他还是忍住了，辩解只会越描越黑，可他从来没有说过不搞党建，只在一次几个分公司领导小聚的时候，有人提出滨湖分公司已经混改，党建工作可以放一放，可他当时并没有表态，怎么传到领导的耳朵就变成了自己不搞党建了？唐平瞬间觉得有些后背发凉，刚开始那阵子他确实有些高调，有人叫他董事长，他没有拒绝，有人喊他唐老板，他也默认了，真是人怕出名猪怕壮，试点前屁事没有，试点后流言四起。老话说得好，不患寡，而患不均，他唐平何德何能去出这个风头，干着分公司的活，却拿着比市公司领导还高的工资。所谓枪打出头鸟，这一枪如何打，就得看新领导的心情了。历来单位换领导，总会有些爱溜须拍马之人喜欢向领导告密或打小报告来获得信任，以示忠诚，遇到有的领导左耳进右耳出，相信眼见为实还好，若是刚好那领导也喜欢通过民间传说来收集情报，那就坏了，告密的人必添油加醋，煽风点火，恨不得引起天下大乱，好趁机浑水摸鱼。

开完会后，唐平有些如坐针毡，他立即组织公司的骨干开了个会，就改革以来的工作做了一次全面的梳理。

首先是财务，新公司成立以后，所有的支出均有明细和出处，可到底该做到什么程度才算合规，上面也没有明确的要求，所有人包括唐平在内都认为既然承包了，也成立了新的公司，那支出就算是新公司内部的事情，只要他唐平不贪不占，全数用到了生产经营上，那就应该没有什么问题。

其次是发展，时间才过去短短四个多月，很多项目都还在接触当中，政企项目不同于个人业务，少则三五个月，长的甚至需要一年到两年的持续跟踪，花费大量的精力才能签约转化为收入，绝非一日之功可成，这一点唐平觉得也能解释得过去。

会议最后得出结论，由综合部将办公楼的党建文化宣传完全参照市公司进行完善和补充。综合部的办理效率很高，到晚上唐平去检查的时候，所有的内容全都换了新上了墙，唐平的心才稍稍安定了些。

在办公室待得有些闷，唐平喊上小索一起去看汪小虎的新店。

装修已经差不多了，门头用一块红布包裹着，几个店员正在打扫卫生。见唐平进来，一个年轻的女店长赶忙倒水招呼。

"你们汪总呢？"唐平问。

"汪总忙得很，最近同时有好几个店要开业，他一个人哪里忙得过来呢？"

"倒也是，真正的老板都是运筹帷幄之中，决胜千里之外。"

唐平在店里转了一圈，心里想起了点什么，便跟那女店长说了声："走了，抓紧筹备，争取赶在周末开业。"

路上，小索突然问唐平："你知道那个女的叫什么名字？"

"哪个女的？"唐平脑子还没反应过来。

"就是那个店长。"

161

"我咋知道？"

"外号胡辣椒，是汪小虎的小女朋友。"小索搞得神神秘秘的。

"女朋友？汪小虎不是已经结婚了吗？"唐平有些意外。

"家里红旗不倒，外面彩旗飘飘，是成功人士的标配，汪小虎的女朋友多了去了，他好几个店的店长都是他的女朋友。"

"这也太牛了吧。"唐平有些不可思议，"她们不会吃醋吗？"

唐平像是听了天方夜谭的故事，与汪小虎比起来，自己和陈舒凡的那点事情简直不值一提，"畜生啊！"唐平骂道。

"周瑜打黄盖，一个愿打，一个愿挨。"

汪小虎的事情，小索一点都不觉得奇怪，他甚至还有些羡慕嫉妒，真是世风日下。

第三十章

现代学校复工了，张校长通知唐平一早到学校商量双创园的相关事宜。

学校工地又恢复到了热火朝天的场面，修路的，绿化的，室内装修，工人们在工地上来回穿梭着，张校长正站在校门口对着几个人指指点点。

"校门一定要大气，才能体现出学校的实力，还有，校门两边要各设一个通道，左进右出，车辆和行人要分开，一定要考虑好安全的问题，人行道闸要有人脸识别功能，师生进出自动识别。"

见唐平过来，张校长高高地伸出了手。

"真是抱歉，这段时间一直在跑贷款，又在忙学校升高职的事情，好在终于告了一个段落，银行贷款已经下来了，高职的事情也得到了省政府的批复，很快就要改成现代学院了。"

"真是可喜可贺，双喜临门哪。"张校长的一番话，唐平听了也十分高兴，这就意味着双创园的事情有眉目。

"我们班子简单议了一下，觉得方案可行，你抓紧拟一个协议，我们上完会后没有问题就可以把合同签了。"

这么简单？唐平有些不相信自己的耳朵，但话从张校长口中说出来，由不得他不信。

"时间紧得很，教育厅要求我们明年三月份新校区一定要开学，所以各项工作都在加班加点，我的想法是双创园和新校区一并启动，你看如何？"

"时间确实紧，但保证按时完成任务。"唐平想也没想便拍起了胸脯。

写东西是唐平的强项，协议很快便发给了学校，学校的法律顾问提了几条修改的意见回来，唐平根据意见做了一些适当的修改。由于不涉及学校投资，校长办公会很快便通过了协议的内容，赶在十二月的最后一天，双方终于把合同签了下来。栾副校长现场把一长串的钥匙交到唐平手里，唐平长出了一口气，悬着的心才终于落了地。

电商对实体经济的冲击很快波及到了盈盈的数码店，一下课，学校快递站门前的空地上便排起了长队，耳机数据线九块九还包邮，盈盈的店门可罗雀，再加上学校涨租，唐平一气之下便让盈盈把两个店一起关门大吉了，虽然水果店的生意尚可，但与现代学校免费的门面比起来，显然后者更有性价比。

看到那一长排的门面，盈盈有些发愁，唐平这是要把她累死的节奏啊。

"要是陈冲还在就好了。"盈盈说道。

"那家伙挣惯了快钱，哪还看得上你这仨瓜俩枣？"盈盈要不提，唐平都快要把陈冲给忘了。

"要不我打个电话试试？"盈盈还是不甘心。

"管你呢，只怕是热脸贴个冷屁股。"

一想到当初陈冲走得那么决绝，唐平压根儿就不抱任何的希望。

电话打通了，过了好半天，那边才说话，是陈冲的声音。

"你咋啦？"盈盈感觉有些不对劲，便把手机按成了免提。

"你在哪呢？"盈盈继续问。

"我在广东。"陈冲的情绪有些低落。

"跑广东潇洒去了？你那几个同学呢？"

"两个月前，牵头的二皮被警察抓了，二皮进去后，一个人把所有的责任全扛了，我和另外一个同学没了去处，便来了广东，现在在一家电子厂。"

"没想到二皮还如此仗义，你怎么不来找我们呢？"盈盈有些生气。

"我哪还有脸来找你，当初离开你们的时候，你跟姐夫苦口婆心劝我，却被我当作驴肝肺，如今落到这步田地，完全是咎由自取。"

"回来吧。"盈盈沉默了片刻，叹了口气，"一个人在外面不好混哪，你姐夫刚谈下了现代学校的一排门面，正缺人手，你赶紧回来帮忙。"

陈冲开始抽泣，当初跟着二皮，本以为能够借此发家致富出人头地，谁知钱没挣到，倒把人给搭了进去。二皮进去后，他们成天东躲西藏，惶惶如丧家之犬，生怕二皮将自己给供出来，要不是二皮义气，自己现在还不知道在哪个看守所里关着呢。

见陈冲不说话，盈盈便给唐平使了个眼色。

"回来吧，浪子回头金不换，只要今后脚踏实地，不再犯同样的错就行了。"唐平知道陈冲是面子上过不去，盈盈虽然发了话，但唐平毕竟是外人，自己不表态，陈冲是不敢回来的。

话说到这个份上，陈冲再不借坡下驴，就显得太不识抬举了，磨蹭了半天，他终于发了话。

"我明天结完工资就买票回来。"

陈冲回来后，先去监狱探望二皮。隔着玻璃，里面的二皮显得十分颓废，头发剃光了，穿着一身囚犯的衣服。

组织聚众赌博且涉嫌诈骗，法院判了二皮有期徒刑四年。

"你在里面要好好改造，我会常来看你的。"昔日的好兄弟如今沦为阶下囚，四目相对，除了安慰，一时间竟找不到合适的语言，此情此景，唐平唏嘘不已，什么荣华富贵，什么金钱地位，在自由面前，简直一文不值，刚二十出头的小伙子，踩完四年的缝纫机出来，怕是与社会都脱节了。

"切记君子爱财，当取之有道，法无禁止皆可为，但违法犯罪的事情千万干不得。"车上，盈盈一再叮嘱，陈冲没有作声，他的思绪还没从监狱里走出来，要不是二皮口风紧，坐在里面的恐怕就是自己了。事情已经过去这么久，陈冲依旧心有余悸，经常做噩梦，梦见自己和二皮一起，把缝纫机踩得都冒烟了。

学生宿舍区的门面装修已经有一段时间了，唐平亲自守在工地上监工，双创园的装修设计发给张校长，他只回了个收到便再也没了下文，到底是行还是不行，唐平也不好催得太急，可时间一天天临近春节，装修的工人都准备回家过年了，张校长也没有给出一个明确的答复。

工人们下班了，唐平从门面走出来，一身的灰尘，见栾校长还在校园里巡逻，唐平上前递了支烟，帮他点燃。

"张校长的事情你知道不？"栾校长问。

"张校长？他能有什么事？"唐平有些意外。

有人举报他和施工单位有利益来往，还有人告他作风霸道，独断专行，在学校里搞一言堂，最近厅里的纪检正在调查，还没有结果。

"这么严重！"唐平一惊，张校长为学校的复工和升高职的事情可谓是呕心沥血，怎么可能收受施工单位的贿赂呢？

"我也不信，跟他共事这么多年，张校长的人品有目共睹，不过谁又能说得清楚呢，在利益面前，校长也是人，难免会有糊涂的时候，但愿他没事。现在正是学校新校区开业和升高职的关键时期，一旦升格成功，校长变成院长就是副厅级了，不敢保证有人会眼红，盯上了张校长的这个位置，故意使些绊子也说不定。"

栾校长的一番话，把唐平听得心惊肉跳，越发担心起来，如果张校长真有事，那自己和学校达成的合作会不会付诸东流？唐平没有底，也不好直接问栾校长。

周一一大早，市公司成立的由人力资源部牵头，市场、财务、党群等部门配合的联合调查组就到了滨湖，调查的内容主要是就滨湖改革试点以来的工作情况做一个阶段性的全身体检和总结。

唐平到底还是低估了调查组的力量，他们与所有的员工一一谈话，仔细翻看着财务做的每一笔支出台账。几天过后，调查报告出炉，对滨湖改革试点的总体评价：改革试点工作乱象丛生，暴露的问题和风险触目惊心！

报告概括起来主要有以下几点：

一是不少支出只有明细，没有经办人签字，有收据，没有发票，存在严重的税务风险；

二是目标完成情况与员工薪酬严重不匹配，拿着全市最高的工资，任务完成度却是中上水平，改革成效不够明显；

三是奢靡之风凸显，这主要体现在唐平在宴请客户单位的标准上，没有严格按照市公司规定的接待标准执行；

四是党建工作浮在表面，只重外在宣传，未能做到入心入脑，员工对党建工作的重要性不知情，对党建开展的工作内容不了解，不清楚，一问三不知。

唐平在调研报告上签了字，心里重得像注了铅似的。

报告在市公司党委会上进行了通报，刘明昊在会上大骂唐平不知天高地厚，胡作非为，并在报告上严厉批示，要求以党委的名义函询唐平，责令他如实报告，深刻反省，如拒不交代将提请纪检监察介入。

唐平彻底蒙了，改革之初，上面所有的人包括主要领导都让他只管往前冲，不要有任何顾虑，于是他满腔热血，大刀阔斧，相信重赏之下必有勇夫，更相信成大事者不拘于小节，确实忽略了一些细节，如发票的问题，如接待标准及员工薪酬的问题。可当初冼经理说过，改革就是要打破原有体制的束缚，突破原有薪酬分配的天花板，这才多久呢？他所打破的束缚和天花板就变成了他铁一般的罪证，冼经理找出一份集团关于混改相关工作规范的指导文件扔到唐平面前，唐平傻了眼，这份文件他压根儿就没见过。

唐平大呼冤枉！可没有人听他解释，用新领导的话说，就算没有这份文件，作为改革试点单位的负责人也应该知道怎么做。

双创园的事情一波未平，混改带来的麻烦一波又起，真是祸不单行，唐平越想越乱，开始整宿整宿的睡不着觉，这种情形还是几年前在西江时出现过，唐平感觉身上的红疙瘩又冒出来了。

唉，一切听天由命吧，是福不是祸，是祸也躲不过。

第三十一章

看到以上级党委名义发来的质询函，唐平内心五味杂陈，他觉得自己就像是那马戏团的跳梁小丑，所有人都提前知道了结果在等着看他的笑话，只有他一个人被蒙在鼓里，至今仍在台上卖力地表演着。

可眼下，他不得不如实进行汇报。

尊敬的公司党委：

我公司自X年X月开始试点以来，严格按照上级公司的要求，认真做好改革试点的相关工作。

一是任务完成情况，收入完成XX，利润完成XX，全市排名第X名；

二是渠道建设情况，新增XX，比改革前提升XX；

三是员工收入情况，整体比改革前提升XX；

四是党建工作……

当然，改革试点过程中也出现了一些问题，诸如党建、目标完成及风险防范等等……但之所以出现这些问题主要是我个人政治觉悟不高，风险意识淡薄，没有大局观所致。

报告的最后，唐平希望上级公司给滨湖多一些时间，多一些耐心，他本人坚信一定能带领滨湖突出重围。

唐平把认错反省写成了成果汇报，结果可想而知。

鸭子死了嘴壳硬，冥顽不化，不知悔改，无可救药！刘明昊看完唐平的汇报材料后，脸都绿了。

唐平得到了应有的惩罚。

党内严重警告，行政记过处分，降为副职继续主持工作。

按照程序，两天后，主要领导要与他进行面对面谈话。

"小唐啊，试点出现的问题也不能全怪你，只怪我没能早一点来黔阳，如果我早来几个月，估计就不会出现如此严重的后果了，不过你也不要有太大的思想包袱，改革嘛，出现些问题也是正常的，我们对干部也不能一竿子打死，还是要有一些容错的机制嘛，希望你能够迅速调整状态继续作为，你还年轻，还有很多机会。"

刘明昊看唐平的眼神终于不再那么严厉，有惋惜也有期待，甚至还有那么一丁点的同情。

"他以为自己是谁啊！凭什么那么好的事情会轮到他？他倒好，还真把自己当成了董事长，以为换一身行头就成了大老板，唉，说到底还是年轻了！"

走廊上两个等待汇报的中层干部正在议论，唐平从刘明昊的办公室出来，他装着没有听见，转身便走进了电梯。

市公司大楼外的公园里几个小孩正玩着泡泡机，伴随着小孩们刺耳的尖叫声，一串彩色的泡泡从机器里钻出来。那些泡泡在草地上四处散开，有几个大的，在风的作用下，越飞越高，小孩们追逐着，跳起来，轻轻用手一碰，那最大的一个便噗的一声爆炸了，变成一滴水珠渗到泥土里，消失得无影无踪。

唐平打了个呵欠，一只苍蝇趁机飞进嘴里，唐平感觉有些恶心，朝地上狠狠地吐了口痰！那苍蝇在一团白色的污垢里拼命地挣扎着，很是无辜，它不知道自己究竟是哪里得罪了唐平，也许只是在一个错误的时间惹到了一个不该惹的人而已。

滨湖的改革试点工作历时五个月终于落下了帷幕，所有人的组织关系全部回到原单位，新公司注销，员工们又回到了原来的工作状态，唐平的生活也回归到了正常状态，除了每周一次的例会，员工们再也看不到他的踪影，签字找小索，协调找小索，流程审批，小索有工号，连去市公司开会，唐平也经常装病请假让小索代开。

"我知道你心里有疙瘩，混改伤了你的心，可你也不能就此自暴自弃。"

几次重要的会唐平都请假，人资部的冼经理似乎从中看出了些端倪。

"我可不是装，身体真不好，不知道咋的，三天两头感冒发烧，也许是压力太大吧，没事，我自己调养一段时间就好了。"

冼经理半信半疑，可是真是假只有唐平自己知道，他每天到公司晃一下就去了学校，学生宿舍的门面已经开始正常运营，新校区离城区很远，连个公交也没有，学生关在学校里，除了上课，就是各种吃喝。唐平的创业咖啡馆里，生意十分火爆，一个大一的新生坐在唐平面前，连点了八杯奶茶，边喝边不停地抱怨："这是个什么鬼地方，偏僻得连个外卖都送不进来。"

对张校长的调查结果也出来了，和施工单位的利益纠葛纯属子虚乌有，但作风霸道和独断专行的问题却是仁者见仁，智者见智，经过这一番折腾，虽然没背什么处分，但各种书面检查和深刻反省是绝对少不了的，提拔为院长的事情也因此被上面暂且搁置了。

"学校不大，但水很深。"张校长喝了一口咖啡，耸了耸肩，有些无奈。

"有人的地方就有江湖，就有斗争，学校里看似单纯，实则暗流涌动，稍不留神就会身败名裂。"唐平才从公司的斗争中败下阵来，更是感同身受。

"为了新校区的复工，我胃都喝出了血，为了学校升格为高职，我连续三个月住在学校加班没有回家，可是又怎么样呢？你的辛苦没人看得到，流言蜚语却不少，不知道的人还以为你是拿了别人多少好处，才会这么卖力工作，唉，我现在终于明白了什么叫作人言可畏，我之所以那么拼命，完全是一种情节。我师范毕业后一开始就在大学里当老师，后来离开学校到政府任职，到国企做高管，兜兜转转，谁知道竟又转回了学校，于是我怀着满腔的热血只为把学校建好，也许确实性子急了一些，又或许在此过程中挡了一些人的财路，得罪了不少人，可如果一点都不得罪人，只管做一个圆滑世故的老好人，在新校区的建设上优柔寡断，犹豫不决，这学校猴年马月才能建成？"

是啊，这年头，左右逢源，擅长溜须拍马的人往往在单位混得风生水起，而真正想干事的人却被视为异类，一旦你不和他们同流合污，他们便会在背后说三道四，指指点点，唯恐天下不乱。唐平和张校长年龄相差二十岁，此时却完全没了代沟，同样的境遇，让两个男人仿佛受伤的野兽，躲在一个安静角落里，舔舐着自己的伤口。

"双创园的事情怎么办？"唐平问。

"先缓一缓吧，我的调查结果才刚出来，这个时候动工，怕被人盯上又拿去做文章。"真是一朝被蛇咬，十年怕井绳，短短几个月，张校长像是变了一个人，变得谨小慎微起来。

唐平倒是巴不得缓一缓，一方面是资金上的问题，学生宿舍区门面的装修已经把唐平在数码店和水果店赚的钱花了个精光；另一方面，就算是双创园真的装修好了，能不能有企业愿意到这个荒郊野外的地方来入驻办公又是另一回事。先拖一下吧，也许后面还有什么变数也说不定呢。

张校长走后，唐平突然想起了一件事情，这件事情如果真做成了，就算双创园没有企业入驻，自己跟学校也不算违约。

第三十二章

"在学校弄一个外卖平台！"

如果这话不是从唐平的口中说出来，陈冲简直不敢相信。

"学校才多大，建一个平台，怎么建？商家在哪里？外卖谁来送？费用怎么收？"一想到这些问题，陈冲立马头大起来。

"在校生四千多人，而且逐年增加，平台的建设可以模仿美团饿了么等现成的模式，商家就是学生食堂里的窗口，炒菜，火锅，做营养早餐的，奶茶店，超市，甚至快递，学校里的学生懒得很，没课的时候，连床都不想下，试想一下，学生躺在床上，一边喝着秋天的第一杯奶茶，一边玩着手机游戏，那小日子该有多滋润。

"至于外卖员，学校里愿意做兼职的学生一抓一大把，只要利益足够，无论是商家还是跑腿的一样都不缺，收费的问题，可以从两头着手，一是商家根据销售额进行提成，另一方面，可以向学生收取适当的跑腿费，而且还可以根据距离远近，适当增减。"

唐平不愧是学经济出身的，很快就完成了目标市场定位、运营及盈利模式的分析，唐平的一番高谈阔论，让陈冲越听越兴奋，唐平出钱，人的事情，自己去想办法。

市场上已经有了成熟的软件，唐平花了点钱请人根据自己的要求做了一些调整，很快，一款名为"飞猪"的校内外卖平台就诞生了，唐平安排人去办了营业执照，还在创业咖啡馆上给公司挂了牌，盈盈是董事长，陈冲任总经理。挂牌当天，张校长亲自到场祝贺并揭牌，算是给双创站了个台，门外的空地上，二十名兼职外卖员齐刷刷地站成两排，人手一辆电动车，背上印着大大的"飞猪外卖"几个字，平台刚启用，很快便接到了第一份单子，"梅苑501，拿铁咖啡一杯！"外卖系统语音播报的声音老远都能听得见。

创业咖啡馆的一角，陈冲正忙着调度，飞猪平台几乎涵盖了学校所有的商业。快递站离学生宿舍有些距离，学生在宿舍下了单，一个包裹一块钱便有人帮忙送货上门，校园里，不时有骑手一闪而过，俨然成了校园里一道亮丽的风景线。

"小索和另外两个同事两天没来公司上班了！"唐平早上到办公室，公司负责考勤的女同志赵琴第一时间跟他汇报了情况。

"电话关机？"唐平连拨了几回都是同样的提示。

"有谁知道他们去哪了？"唐平问。

没人知道。

公司的三个大活人好像凭空消失了一样，谁也不知道他们到底去了哪里。

"这可是件大事，要不要把情况跟市公司上报？"赵琴请示唐平。

"别！刘明昊正愁找不到自己的麻烦呢，要是再出个什么状况，估计自己括号里的主持工作四个字也得被他一并给撸掉了，暂时不要声张，还是我们自己先摸清楚情况再说吧。"

"公安最近有没有什么行动？比如扫黄打非什么的。"唐平皱着眉头想了很久，突然间他灵机一动，"那谁，小王，你不是有个同学在公安局吗，你找他帮忙问一下。"

没过多久，小王便传了消息。

"唐总，你果然料事如神，索主任他们三个全都关在城南的看守所，刚好这个案子是我同学经手，据他介绍，索主任他们去的地方早在半年前就被公安给盯上了，刚好这次收网，就被他们给撞上了。"

"通知家属没有？"唐平问。

"还没。"

要不要报告给上面呢？唐平有些纠结，不报吧，万一被上面知道了，给自己安一个知情不报的罪名，自己可承担不起。可要按照规定如实报告呢，不仅那几个家伙工作保不住，自己也可能会受到牵连，这该如何是好。一个晚上，唐平辗转反侧，心里一直在激烈地斗争。天快亮的时候，唐平才终于拿定了主意，决定来一个瞒天过海，就连家属，唐平也派小王去做了安抚。

"就说小索他们被公司派到省外封闭学习去了，要半个月才能回来。"

小王从看守所回来后，给唐平汇报了那三个人在里面的情况。

不到二十平方米的一间小屋子，挤了十几个人，吃喝拉撒全在里面，厕所没有门，随时都能闻到一股浓烈的尿骚味。

"里面的伙食如何？"唐平问。

"馒头，榨菜，一天三顿，饿不着，但几乎没有油水，几天下来，人走路感觉飘在云上一样。"

"老子早就知道索彪这小子不是个省油的灯，以前汪小虎请客买单，这家伙就养成了跟嫖看赌的烂习惯，这回好了，飞蛾扑火，自投罗网，一个人进去不算，还得拉上两个人一起陪坐。小邱怎么回事，平时看着挺老实的一个人，怎么也被文家星拖下水去，他老婆下周就要生产了，如果知道了还不把他给撕个稀烂？"

"近朱者赤，近墨者黑，跟着好人学好人，跟着小索这样的坏人，好人也会变成坏人。小邱一个刚毕业的大学生，成天跟索彪那样的老油条混在一起，不坏才怪。"

小王绘声绘色地描述着，像讲一个精彩的故事，唐平听后又好气又好笑。

"连个裤裆都管不住！出来后老子一定要扒他们一层皮！"唐平咬牙切齿地说道。

一定要封锁消息，公司有人问，就说他们请公休出去旅游了，切不可随意走漏了风声，公司人多嘴杂，不敢保证有那多事之人四处宣扬，一旦被上面知道，我们可就是吃不完兜着走了。

再三交代之后，唐平仍不放心，便让赵琴编了三张假条，有备无患。

"真是造孽！"无缘无故做了一回帮凶，唐平有些说不出的感觉，那种感觉就像是喉咙里卡了一根鱼刺，怎么拔都拔不出来。

好在半个月很快就过去了，索彪最后一个出来，小王领着他们去理发店剪去了三千烦恼丝，又到浴室洗了个澡，换了身干净的衣服，这才小心翼翼地到唐平的办公室报到。

唐平坐在桌子后面，黑青着脸，三个人像是斗败了的公鸡，垂头丧气地耷拉着脑袋。

"玩舒服了吧？"唐平终于开了口。

索彪摇了摇头，"领导你不知道，我们在里面可惨了，简直暗无天日，不是人待的地方。"

"我还以为你们在里面享福了呢，锦衣华服，山珍海味，琼浆玉液，美女如云……"

索彪苦笑，"领导你别说笑了，哪有你说的那些，里面屎尿横行，臭气熏天，想睡个囫囵觉都是奢侈，毫不夸张地说，现在就是一个女明星摆在我面前，我也不会动半点心。"

"你想得倒美，还女明星！做你的春秋大梦去吧，你们知道如果我将情况如实上报给上面，会是什么后果？"唐平坐正了身子，一本正经地说道。

"知道，一定会被开除。"索彪很有自知之明。

"老子真是服了你们了，以前你跟着汪小虎鬼混，我就提醒过你，违法乱纪的事情干不得，你不听，偏要以身试法，如果有人将情况反映到上面，不但你们自己保不住，连我都替你们背锅，说得再严重一点，如果情况被你们的家属知道了，阁下又该如何应对呢？"

唐平一番话，让刚有些缓和的气氛一下子又变得凝重起来。

"兄弟们，可长点心吧，一个男人如果连自己身上的东西都管不住，还能有什么出息。"

"下次不敢了，再也不敢了，要是让我老婆知道，这个家估计就散了。"小邱捂住脸呜呜地哭了起来，"我和我老婆是大学同学，她老家在河南，大学毕业后跟着我留在了黔阳，除了我，可以说是举目无亲，我真不是男人。"小邱连扇了自己两个耳光，还要再扇，被

179

索彪给拉住了。

"算了，看在你们认错态度还算诚恳的份上，暂且饶了你们，但死罪可免，活罪难逃，除了正常的绩效扣罚外，还要惩罚你们打扫一个星期的厕所，千万不要跟我耍滑头，我会亲自检查打扫的情况，如有半点敷衍，看我不抽你们的筋，扒你们的皮！"

本以为会有一场暴风雨，索彪早已有心理准备，可最终唐平将鞭子高高举起，又轻轻放下，也算是做到仁至义尽了，没有如实上报，更没有通知家属，要换成其他人，估计早就把自己撇得干干净净，至于员工工作能否保得住，家庭是否破裂，那就不在自己考虑的范畴了。

"请领导放心，我们一定痛定思痛，痛改前非，坚决完成组织交办的任务。"三人异口同声地说道。

那段时间，等所有的人都下班了，公司里一片漆黑，只有厕所里灯火通明，索彪他们一定是怕公司同事看到了笑话，所以才会选择在晚上加班加点。

唐平也只是嘴上说说而已，他哪会真去检查厕所是否真的一尘不染，他哪有那闲心。学生宿舍一楼门面的生意日趋稳定，飞猪外卖也走上了正轨，陈冲提议把生意扩张到职教城其他的学校里去，唐平没说行，也没说不行。帕萨特换成了奥迪，周末的时候，唐平带着盈盈到新区看了一套房，四室一厅，这几年全国的房地产十分火爆，到处都是排队买房的人，似乎买到就是赚到。

要是不买车，首付都够再买一套房了，盈盈有些惋惜，可唐平不这样认为。

"车是男人的门面，相当于第二个老婆，开一辆好车出去谈生意，人家才会相信你有实力。"

"死要面子活受罪，车子开出4S店就贬值了，油费保险保养又是一大笔费用，万一遇上什么变故，房子至少还能变现。"

唐平的观点，盈盈不太认同，但事已至此，反对已经无效。那辆黑色的帕萨特跟着唐平一路从西江走到黔阳，当牛做马，闲时坐人，忙时拉货，上千斤的西瓜只差把大梁压断。

小黑是我们的功臣呢，几年来风里来雨里去，任劳任怨，如今功成身退，但愿能寻得个好人家，不要再那样受苦了。

二手车贩子准时按照约定的时间来收车，唐平一个大男人眼中竟冒出来几滴眼泪，小黑早已成了这个家里的一名成员，如今老了，有些干不动了，就要被自己卖给他人，想到这一别将再也不见，两个人都十分伤感，唐平对着车头鞠了三个躬，然后双手合十，口中念念有词，谁也不知道他说了些什么。

唐平和盈盈站在车前面，让那车贩子给照了张合影，算是最后的道别。

那段时间，只要在路上看到有黑色的帕萨特，唐平都会问盈盈，该不会是我们家小黑吧。

第三十三章

人逢喜事精神爽，唐平开着新车，载着张校长进了滨湖的一家湖南菜馆，两人要了间小包房，唐平从车上拿了瓶茅台，两人边喝边聊。

奥迪车的面子工程确实做得很好，满足了男人对于好车的所有幻想，之所以这么多年一直占据着政府公务用车的半壁江山，除了舒适和安全性以外，车身的设计也符合大多数国人的审美观念。

一聊到车，两个男人仿佛就有更多的共同语言，张校长自从经历了调查风波以后，对于仕途已经没有了什么追求。

"只要能够安稳地干到退休我就阿弥陀佛了，还是你头脑灵活，有一份体制内的工作，拿着固定的年薪，副业也弄得风生水起，社会上一直有一种现象，体制内的人羡慕做生意的人有钱，做生意的人又羡慕体制内的人压力小，这就像钱钟书写的小说《围城》那样，城外的人想进来，而城里的人想出去，你是两样都占齐了。在别人眼里，会觉得当一个校长有多了不起，下面管着二三百号人，还有几千学生，仿佛能够指挥千军万马，其实真实的情况是处处小心，如履薄冰，其中的心酸只有自己知道。"

两人早已成了忘年交，对唐平，张校长将心中的想法毫无保留地和盘托出。

"对做食堂感不感兴趣？"酒过三巡，张校长突然问唐平。

"食堂？"唐平一脸蒙，自己是不是听错了？

"是的，食堂，目前在学校管食堂的是一个六十多岁的老头，姓施，外省人，年纪大了，眼睛也不好，还有心脏病，他们公司是学校还在老校区时就招投标进来的，原来还有三年多合同才到期，但由于管理不善，公司年年亏损，环境卫生也很差，昨天那老施遇到我便跟我诉苦，说要回老家安度晚年，想把食堂的经营权转让出来，我一想，何必舍近求远，这不，如果你感兴趣的话，可以考虑一下。"

"说句不怕你笑的话，我虽然来自农村，但小时候的主要工作就是放牛，长这么大还没怎么进过厨房，最拿手的厨艺就是鸡蛋面，偌大一个食堂，我如何奈何得了？"唐平连忙摇头。

"先喝酒，不着急，你回去慢慢想想。"张校长举杯，不愧是茅台，很快两人便把一瓶酒消灭殆尽，唐平还要到车里再拿一瓶，被张校长制止了，"酒虽好，但切不能贪杯，过犹不及，喝醉就不好了，来日方长，来日方长。"

下了楼，唐平帮张校长叫了代驾，自己也打车回了家。

盈盈已经睡下了，唐平此时却睡意全无，他把盈盈叫起来。

"起来，跟你商量个事。"

"啥事这么重要，不能明天再说？"盈盈睡眼惺忪，一脸的不情愿。

"想不想接个食堂来玩玩？"

"玩食堂？你怕是疯了吧，你会炒菜吗？你会洗碗吗？我和你结婚这么多年了，你是十指不沾阳春水，连油烟味都没闻过，谁给你

183

这么大的勇气，是梁静茹吗？做食堂，我可是想都没敢想过。"

盈盈说完，翻过身就打起了呼噜。

唐平叹了口气，也只好跟着睡下了。

一个晚上，唐平都在做梦，一会儿梦见自己摇身一变成了厨师，在厨房里汗流浃背地颠着勺，一会儿又梦见自己将食堂开成了连锁品牌，分支机构遍布全国各地，黔阳，西江，自己俨然已是一名成功的企业家，身价上亿……

"要不然我们试试？"睡到半夜，唐平从梦中醒来后就再也睡不着了，他又把盈盈摇醒。

"试啥？"

"我说的是食堂的事情。"

"你是不是走火入魔了，你想试就试吧，可是大哥，现在都几点了，赶紧睡觉吧，明天还要上班呢。"

说做就做，唐平一大早就给张校长去了个电话，让他帮忙约老施，具体谈一下转让的事情。

由于有了张校长的牵线搭桥，唐平很快见到了老施，一个十分干瘦的老头，眼珠子上仿佛蒙上了一层薄薄的蜘蛛网，白得有些不太正常，典型的白内障症状。

"原来是你哦，张校长跟我说有个唐总想接手食堂，我还在想到底是哪个唐总，我跟你老婆熟悉得很，她经常都在食堂吃饭，你还有个堂弟叫陈冲是不？在学校里做外卖平台，食堂里很多的商家都跟他很熟，真是年轻有为啊，不像我，一个糟老头子，一身的毛病，头也昏，眼也花，心脏还有问题，我父亲和我的爷爷都没能活到七十岁，我今年六十五了，再不回去，我担心会客死他乡，连个落叶归根的机会都没有。"

那老头一上来就诉苦，唐平心里便有了底，看来转让的价格还能再往下压一压。

"是啊，有什么能比身体健康更重要？我本来对食堂不感兴趣，可碍于张校长的面子，才答应他试一下，其他的问题都不大，只是这转让费，确实有点高，你看能不能……"

唐平欲擒故纵，那老头本来就是个实在人，哪里有那么多的弯弯绕，几个回合下来，便缴械投了降，原来喊价九十万，唐平打了个对折不算，还让那老头把零头给抹了。

两天后，双方签订合同，老施拿着钱高高兴兴回家养老去了，唐平开着车，拉着盈盈把黔阳所有的大学食堂转了个遍，才弄明白了其中的道道，做食堂并不一定需要会做饭，只要懂管理就行，把安全和卫生搞好，各个档口的商户自然就会找上门来。说白了，餐饮公司其实就是个投机倒把的二道贩子，在学校和商户之间赚取差价，至于管理模式，照葫芦画瓢是唐平的强项，刚好借着学生放假，将食堂窗口的布局重新做调整，灯光、照明、门头招牌，甚至因为食堂二三楼学生嫌高不愿意上去，唐平还花大价钱做了一台外挂扶梯，你别说，这样一来，二三楼的高度因为一台电梯立马劣势变成了优势，这就好比步梯房装上了电梯，以前大家争着住一楼，电梯装好后，都愿意住高层看风景，是一个道理。

仅仅也就是里外翻了一道新，窗口数量增加了，唐平就把档口的租金翻了一倍。

第三十四章

职教城开学了，但学生周末不能出去，飞猪外卖的点单量比疫情前翻了几番，有兼职的学生一个月跑下来，竟然拿到五六千的提成。陈冲已经是职教城小有名气的人物，已经有好几个学校学生会的人找他洽谈加盟的事情，第一个签约的便是陈冲的母校，那个职教城唯一的民办职校。

两个月后，陈冲站在母校的礼堂上，给台下的学弟学妹们介绍自己的创业经历，当大屏幕上滚动播放到陈冲与自己那台黑色宝马五系车的合照时，台下引起了一阵不小的骚动。

"谁说上职校就只能进厂打螺丝，或是到酒店做服务员？谁说职校的学生就必须低人一等，没有出路？三百六十行，行行出状元。"

陈冲给学弟学妹们树立了一个榜样，学校将陈冲的照片挂在校园灯杆的宣传牌上。

杰出校友，企业家，飞猪外卖商贸有限公司执行董事，总经理。

与陈冲共享此殊荣的，是陈冲前面几级的一位师兄，那师兄也是个传奇，高考以一分之差与二本擦肩而过，本以为此生已然如此，毕业后与大多数人一样，进电子厂，上流水线，可谁知道命运偏偏喜欢跟人开玩笑，忽一日，那哥们儿到市里看女朋友，路过市西路时，有人朝他手里塞了一张宣传单，起初他并不在意，以为只是普通的卖房或是什么商场的促销广告，正准备随手将宣传单丢进路边的垃圾箱，可就在那一刹那间，宣传单上的几个大字吸引了他，"飞行学院招生！"按理说这与他有何干？要是换了其他人，也就错过了，可那哥们儿偏偏来了兴趣，并按照上面的地址找到了面试的地点，一路上过五关斩六将，竟然将所有的关卡都闯了过去，一个职校学生考上了飞行学院！这简直就是个神话故事！据陈冲介绍，他那师兄将此消息告知自己的母亲，让她帮忙准备学费的时候，老人家还以为他是被人骗去了传销，直到学校的录取通知书寄到了家里，连职校的老师也一起上门来祝贺的时候，家里人这才相信自己家的祖坟是真的冒了青烟。

惊不惊喜，意不意外？如今那哥们儿已经是一家航空公司的机长，年薪上百万，从那以后，母校每年招生都会将他的光辉事迹印在招生简章上，吸引了一批又一批的学生前赴后继而来，只为在开学典礼时一睹学长的风采。

"如果当初进去的不是二皮，而是你，学校还会以你为荣吗？"唐平开玩笑问陈冲。

陈冲不言，人生就像一场棋局，一步错，步步错，下棋还可以悔棋，而人生却不可以重来。

"你下次去看二皮的时候告诉他，在里面好好改造，争取减刑，出来后来公司跟着一起干吧，想当初别人可是一个人把所有的罪全都扛了下来，可不敢忘恩负义。"

外卖平台虽然是陈冲在负责，可幕后实际老板还是唐平，他没表态，陈冲不敢随便造次。

现代学院的人事调整下来了，张校长调离回到机关，一级调研员，算是退居二线了，从外校来了两个空降兵，一个书记，一个院长。

"校长，晚上一起在滨湖吃个饭，段家辣子鸡，算是为你饯行，这次你可千万不要推辞。"

张校长调离的消息来得有些突然，原以为张校长能够顺利升任院长，再不济也应该留校做书记，谁知计划赶不上变化，张校长这一走，唐平在学校里的生意还能不能顺利继续下去，他自己心里也没底。

花桥附近的辣子鸡二楼，张校长如约而至，唐平要了个临湖的包房，坐在窗前，俯首望去，下面就是烟波浩渺的红枫湖，被誉为高原上一颗璀璨的明珠，水域面积达数十平方公里，是全省最大的人工湖，也是黔阳最主要的饮用水源之一。唐平到黔阳时，红枫湖上还有不少水产养殖，湖边清一色的农家乐，到处是塑料垃圾，现如今这两样都被政府清理殆尽，没有了任何污染的红枫湖水清澈见底，不论晴天还是雨天，总有许多的钓鱼发烧友在湖边一字排开，一顶遮阳伞，一张小板凳，一坐就是一整天，常年这样，乐此不疲。

"没想到会如此突然。"唐平先开口，"真是应了那句话，前人种树，后人摘果。"

"是啊，一眨眼几年就过去了，想当初刚到滨湖时，我们吃饭这里还是一片农田，路也没通，谁能想到，这才几年，滨湖已有大大小小近二十家高职院校入住，十多万师生，是货真价实的职教城。话虽如你所说，想想确实有些心酸，本以为这是自己人生的最后一站，能够在学校一直干到退休，自己的人生也就圆满了。人嘛，都是有感情的，可怎么办呢，我是一块砖，哪里需要哪里搬，组织决定的事情，容不得我讨价还价，回厅机关也未尝不是一件好事，其实学校这个小社会远比人们想象的要复杂，这些年，我也累了，再说了，这些年一直扑在工作上，对家庭的亏欠太多，也是到该回去弥补一下的时候了。"

张校长说话的时候，眼圈竟有些发红。

唐平听栾校长说过，张校长有个女儿。

"你女儿应该上大学了吧。"唐平问。

"唉，一言难尽。"唐平这一问触碰到了自己的隐私，张校长犹豫了一会儿，他继续说道。

"不过给你说了也没什么，还在她很小的时候，大概有三岁吧，她已经会唱歌给我听了，她唱儿歌可好听了，就像那婉转的百灵。可就在那一年，我离开省城到一个偏远的小县城去支教，那时候的交通十分不便，从县城回来一趟坐车至少七八个小时，我经常半个月才回来一次，家里就她妈妈一个人。有一天晚上，她突然就发烧了，高烧到四十度，她妈妈把她送到诊所，诊所的医生以为是普通的感冒发烧，就给打了一针，随便开了些药，便让她们回家休息，谁知睡到半夜的时候，孩子又烧起来了，浑身发烫，并伴有抽搐，她妈妈吓得半死，可我们当时住的地方离市区很远，连出租车都打不到，她妈妈没了办法，只好给孩子物理降温，好不容易熬到了天亮，坐公交赶到城里，又排队挂号等了很久，直到下午才看上医生，后来通过治疗，烧是退下来了，可不知怎么，孩子从此就听不见我们说话了。我回到省城后，曾带她去了很多大医院，医生说孩子应该是高烧导致的神经性耳聋，属于不可逆转的损伤，以当时省内的技术，医院也爱莫能助，北京上海的大医院倒是可以去试一试，要知道那时候我和她妈妈刚上班，又都是农村家庭，上大学时各自都贷了款，那时候贷款还没还完呢，哪有钱带她去治疗。后来，我跟她妈妈也接受了这个残酷的现实，便让她上了一所特殊学校，今年已经十八岁了，如果不因为病给耽误，她现在一定是在某一所知名学府的校园里，享受着本就属于她这个年纪的花样年华。"

唐平静静地听着这个中年男人诉说着自己的故事，看得出来，他的内心十分的自责，如不是因为对面坐的是唐平，他一定不愿意将女儿的不幸遭遇提起。张校长的故事让唐平想起了自己刚到西江时的情景，不过比起张校长，自己不知要幸运多少，虽然那些年也过得十分清苦，可至少这一路走来，虽波澜不惊，日子如水一般平淡，但好在也没有什么大起大落的事情发生，自己也感觉知足了。

"一想到她这一辈子都将活在无声的世界里，我就痛不欲生，如果当时我没有选择去支教，如果我能够第一时间将她送到大医院去治疗，也许就会是不一样的结局，如果……哪有那么多的如果啊，所以这些年，我一直全部精力扑在工作上，单位里的同事都说我是个工作狂，他们哪里知道，只有这样，我才能麻醉自己，让自己暂时把伤痛忘掉。可等我下班回到家，看到女儿那木讷的表情时，我又陷入无边的崩溃之中，我是一名共产党员，本不该迷信，可我经常一个人的时候问自己，是不是上辈子造了什么孽，老天要如此惩罚自己。"

唐平不知该如何去安慰眼前的这个比自己年龄大一轮的男人。

　　"一切都会好起来的，现在医学这么发达，应该有办法治好的，国内不行，国外也可以试试。"唐平突然想起自己有许多大学同学毕业后都去了国外，"要不，我让他们帮忙问一下？"

　　张校长点了点头，"谢谢。"

　　不知不觉间，两人将桌上的一瓶酒都喝光了。时间已晚，窗外车水马龙的声音渐渐停歇了下来，远处，彩色霓虹灯的包裹下，一座弧形的拱桥倒映在红枫湖上，偶尔有一叶扁舟划过，湖面泛起阵阵粼粼波光。

　　店家已经打烊了，只剩下一个店员无聊地坐在前台。

　　"微信还是支付宝？"见两人从包房里出来，店员立马来了精神。

　　"微信，不好意思，耽搁你下班了。"唐平一看时间快凌晨一点了，有些愧疚。

　　"没事没事。"那店员连连说道，"欢迎下次光临。"

第三十五章

　　唐平在微信里找到了大学的班级群，这个群好久没有人发过言了，还是刚建群的时候，同学们在里面活跃过一阵子，但新鲜感过后，大家发现除了当年在校时那些陈芝麻烂谷子的事情外，大家就再也找不到聊天的话题了，毕竟所有的人都已经不再年轻，再去八卦当初谁追谁，或是谁谁谁三天两头把女朋友带到宿舍过夜也没有多大意义，当年的同班同学毕业后散落在全国各地，如今不少人已经是这总那总，当然也有几个家庭条件较好的，毕业后留学拿到了国外的绿卡，当起了地道的美籍华人。

　　牛群便是其中的一个，唐平上下铺的室友，大学时是学校广播站的站长，东北人，一米九的个子，进出宿舍都要低着头，一不小心就会撞到门框上。牛群的家境殷实，父母每个月给他的生活费多到让唐平和一干穷哥们儿惊掉下巴，诺基亚的新款手机一上市，牛群就会第一时间追上去，王菲在上海开演唱会，牛群刚下课从教室出来，便坐上火车直奔演唱会现场，回来后苦练偶像的新歌，半个月后参加学校的十佳歌手大赛竟然得了第二名。

　　"老牛，我是唐平。"

　　唐平在群成员里找到牛群的微信，点击添加了好友。

等了半天，也没见对方回应，唐平这才想起此时的美国时间是凌晨，此时的牛群应该还在睡梦中呢。

昨晚和张校长喝了一夜的酒，睡了一上午起来，全身实在困乏得很，唐平正打算将办公室的门反锁，躺在沙发上好好地睡上一觉，突然手机铃声响起，唐平一看，原来是大师兄彭晓辉的电话。

最近，唐平跟校友们的聚会少了很多，不知道老彭这时来电话，所为何事？

"唐总。"论级别，老彭和唐平之间天壤之别，可老彭还是称他唐总。

"师兄，好久不见，你叫我小唐就可以了。"

"好久不见，你还在滨湖吧？"

"在的呢，师兄有何吩咐？"

"是这样，我有几个朋友，他们听说滨湖新开了一家羽毛球馆，想这周末约起来打一场球，我想你应该还在滨湖，想请你帮忙订两块场地，周六上午九点到十二点，你会打羽毛球不？到时候一起过来锻炼一下。"

挂断老彭的电话，唐平在百度上搜了一下那家羽毛球馆的电话，很快便订好了场地，想到老彭让他去陪着玩一下，唐平也不打算睡觉了，便出门去附近的超市买了球拍和一桶球。

说起运动这件事情，唐平基本上没有正经玩过，大学时刚进校，唐平就跟风进了管理系的足球队，还为此置办了一身队服，可组队的第一场训练，就让唐平尴尬得恨不得找个地缝钻进去。停球，带球，过人，这些基本的技术，唐平是一样都不会，只知道追着球满场瞎跑，到最后，球没碰到两下，倒把自个给累得半死。于是第二天，唐平就缺席了，足球哪是他这种穷苦人家的孩子玩的，别人打小就上兴趣班，而自己小时候还在放牛玩泥巴呢，根本就没得比。但打羽毛球应该比足球简单吧，唐平经常看到小区的空地上，几个老头子打坝坝球，你来我往的，只要把球打到对面让别人接到就行了，唐平如此想，管他呢，先去玩玩看，正好也能锻炼一下身体。

周六上午，唐平在家吃了早餐，便开车到生态公园，早早地等候在羽毛球馆外面。

老彭一行共五人，和他年龄都差不多，老彭一一介绍，这是政协徐主席，办公厅丁处长，民政厅冯主任……年龄最大的徐主席估摸着有六十岁上下，其余几个稍年轻一些，全都一身运动装扮。

唐平赶紧让前台开了场地，简单的热身过后，唐平也在老彭的鼓励下上了场。唐平这才发现了自己原来对羽毛球一无所知，无知到连比赛发球的规则都不懂，不是发不过线，就是发出了界，好不容易拼了老命把球打过网去，却也只到对方中场，年轻的丁处一个帅气的转身，反手将球打到唐平的底线。唐平哪见过这种情形，赶紧倒退，头仰到了天上，跟跄了几步，重重地摔在地上，把唐平累得上气不接下气。

唐平又重新找到了当年踢足球时的尴尬，便借口搞服务赶紧下了场，在场边帮忙端茶倒水。

听到球场上那啪啪回响的击球声，唐平有些无地自容，自己刚才在场上那手忙脚乱的表演，恰似那小丑一般。

"早知道就不来凑热闹了。"唐平有些后悔。

"没事，我们刚学那会儿跟你一样，苍蝇拍，满场跑。"休息的间隙，老彭安慰唐平。

看得出来，唐平是一点基础都没有。

"其实我们也很业余，主要就是打球出出汗，年纪大了，除了身体不长，啥都高，算起来，徐主席还跟你是半个老乡呢，岭南人，不久前两人刚调过来。"

两人说话的时候，徐主席也下来休息，唐平赶紧递上一瓶水，听说唐平曾经在西江工作过，两人一见如故。

"我刚参加工作那会儿就在西江化工集团，那时候的化工厂效益好啊，最高峰时员工有上万人，我最初在车间，后来到办公室搞宣传，因为在西江日报上发表了几篇文章，就被市里看中到了市委办，给领导当秘书，后来又调到宁南，从此走上了从政的道路，这一转，竟有二十年没回西江了。"

白马街，水洞，西江公园，徐主席全都熟悉得很，听唐平说西江化工被关停，西江河重现鱼虾成群的景象，徐主席很是感慨。

"主席，该你上场了。"丁处长喊道。

"我先打球，西江的事情有空了我们慢慢聊。"徐主席喝了一口水，很快又回到了球场上。

打完球，唐平原计划要请客，但由于徐主席临时接到下午开会的通知，便相约下次再聚。滨湖体育公园的场地是全市条件最好的，灯光，地面，环境，都无可挑剔，大家约定一定要常来。

球馆里，一群小孩子正在练球，架拍，侧身，挥拍，收，如此反复，唐平看得有些入迷。

大约半个小时后，那教练才开口说道："大家休息十分钟，十分钟后继续练习。"

那一众小孩便像麻雀一般哄地散去，各自拿起手机玩起了游戏。

"大人可以学吗？"唐平问。

"当然可以了，是你本人吗？"教练是个小伙子，唐平看到墙上的照片介绍，这小伙子曾经是省队的队员。

"是的。"唐平点头，"怎么收费？"

"二百二一节，和孩子们一起上课，时间是每周六和周日上午十点到十二点。"

费用不贵，唐平当场就加了教练的微信把钱转了过去。

教练建议唐平重新去换一身专业的行头，从拍子到衣服、护膝等。"六广门健身中心有一家体育用品专卖店，什么都有，初学拍子不用太贵，线拉二十四磅左右即可。"

说干就干，出了球馆，唐平就直奔店里，走出店来，唐平背着挎包，俨然已是一个羽毛球高手的打扮。

先从握拍开始，教练逐一纠正。

"拍柄要对着虎口，切不可握成苍蝇拍，握拍要放松，要留一个鸡蛋大小的间隙，击球时瞬间发力，啪，就这样，手腕带动手臂内旋，球就出去了，又高又远，直达底线，这就是高远球。"

教练简单示范了一下，便让唐平跟着孩子们一起练习，架拍，侧身，挥拍，收。

两节课下来，唐平感觉全身都散了架，手臂酸痛得根本抬不起来，一双脚像是注了铅一般沉重。

"先拉伸，回去用毛巾热敷。"临走，教练特别交代。

一晚上，唐平做梦都在挥拍，盈盈身上时不时地便挨上一巴掌。

"你是不是走火入魔了，还是借此机会打我？"

盈盈有些生气，一脚将唐平踢下床去，唐平醒来，发现自己躺在地板上，一脸的疑惑，不知道发生了什么。

练习结束，教练让唐平跟一个九岁的小孩对战，二十一比四，唐平很是气馁，教练却表扬唐平进步神速，毕竟那小孩已经练了好几年，不要说唐平，就是一般业余的高手恐怕也不在话下。

见教练如此说，唐平心里才稍微好受了些，他决定将训练的强度加大，只练周末两天，猴年马月才能跟上老彭他们的脚步？唐平跟教练商量，将周末训练改为隔天训练，唐平的时间比较自由，下午，教练一对一指导，不过费用肯定要高一些。

周六，唐平主动邀约，老彭和徐主席一行如约而至。才短短半个月，唐平像是变了个人，高远，反手，杀球，唐平已经打得有模有样，虽然步伐仍然有些凌乱，但至少很多球都能接下来，不至于拖队友的后腿了。

打完球，唐平请大伙吃饭，对于唐平今天的表现，徐主席十分满意，直夸唐平天赋异禀。

"我打了快二十年的球，一直没有多大进步，小唐半个月前连发球都不会，如今就能正常对抗，再这样下去，恐怕很快就能成为高手了。"

"哪里哪里，比起你们，我还差得很远。"唐平连连摆手。

话虽如此说，唐平心里却欣喜不已。得到了肯定，唐平在饭桌上频频举杯，老彭提议让唐平拉个群，方便定期约球，唐平做群主，负责群内大小事宜。大伙附议，徐主席建议费用均摊，不能让唐平一个人出，可唐平哪里肯听，第二天便去球馆办了张年卡，还给群中成员各自置办了一套队服，衣服背面印着"羽来羽好"几个字。以球会友，这恐怕是成本最低的社交方式之一了。

睡前看一段关于羽毛球的视频，成了唐平每天雷打不动的习惯。

第三十六章

唐平做梦也没有想到，会有人将小索嫖娼的事情举报到纪检组，刘明昊在办公室里指着唐平的鼻子破口大骂，唾沫飞到了唐平的脸上。

"无法无天！"刘明昊骂的时候，面目有些狰狞，两道与众不同的眉毛一伸一缩，像是两把锋利的弯刀，直直地插进唐平的心里，但唐平表面上表现得毫无波澜。

"说我故意隐瞒不报，简直是比窦娥还冤枉，派出所没有通报，再加上他们按正常流程走了年休假申请，谁会想到他们是因为嫖娼被抓了呢？"

唐平一脸的无辜。

唐平知道，此刻如果不装疯卖傻，自己就是有十张嘴，也无法替自己辩解。

但唐平的解释明显有些苍白和无力，员工犯事，第一条责任就是领导监管教育不力，上一次试点的事情，唐平就已经在刘明昊的心目中被判了死刑，这一回，刘明昊下定决心把恶人做到底，于公，可以杀一儆百，正风肃纪，于私，正好空缺出一个岗位来，想进步的年轻人实在太多。

刘明昊一句话，唐平名字后面括号里的主持工作几个字就被去掉了，调市公司部门，副经理。不过刘明昊还算是仁慈，没有把事情做绝，给唐平的部门职务后面括号加上了享受正职待遇几个字。

离开滨湖，唐平有些心灰意冷，这些年在职场上的起起落落和颠沛流离，让他早已厌倦了单位里的钩心斗角和尔虞我诈，为什么非得要在公司上班，看他人脸色吃饭呢？

辞职！

这个念头从唐平的脑海中一闪而过，进公司这么多年，唐平从来没有想过离开，可如今，这种想法是如此强烈，仿佛在公司多待一分钟对唐平来说都是一种折磨。

辞职信

尊敬的公司领导：

本人终于想通了决定要离开这个工作了快十五年的单位，临行，心里难免有些伤感。这些年来，从未想过要离开，这种状态一直持续到两年前去了一趟西藏，在那个阳光明媚的午后，我独自一人坐在布达拉宫广场前的石凳上，看着那些穿着藏族服饰的老人，手里转着经筒，脸上洋溢着的，我想一定是自由和幸福。

忽然间，我豁然开朗，开始明白那句话的意义，"当灵魂跟不上脚步的时候，一定要去一趟西藏"，我开始有了告别现在的状态，去追求另一种不一样生活的想法。

而真正让我下定决心的，是近一两年来发生的一些事情。服从组织安排，交流到新的岗位，要坚定信心，干好本职工作，这些，都是我作为一名员工应尽的本分和责任。

按理说，早已经过而立之年的我，应该深谙世间人情，但我还是习惯不了单位内的阿谀奉承，尔虞我诈。

这些年，我做了一些在别人眼中认为是比较大胆的事情，义无反顾。从西江回到黔阳，在很多人眼里本就有些不可思议；第一个跳出来做离职承包，更是让很多人惊掉了下巴；顶着压力坚决不做虚假发展，不让员工冒着寒风上街送鸡蛋送卡，甚至被骂是不讲政治，虽然最后证明了"疯狂的地推不过是疯狂做数据"。从公布的数据来看，公司连续X个月移动用户负增长，当初干过的事情都又还了回来，于是重提高质量发展，但在当时却无人理解，甚至于当我是一个不听话的人。

我不过是不想昧着自己的良心去做事情，我曾经对同事说过，一年做假，三年寸草不生，公司这么多年挖下的坑，连自己都不知道到底有多少是泡沫。想当初，千军万马过独木桥，多少985、211的毕业生挤破了头，才进到公司，最后年复一年的只学会了两件事情，一是开卡，二是摆摊，除此之外，还有什么技能？连与人打交道的最基本技能都丢了。

而所谓的创新业务，我总是喜欢用一个不恰当的比喻来自嘲，公司其实就是扮演了一个皮条客的角色，所有的关系都是在厂家和业主之间产生……交易完成后，公司赚到了一笔或多或少的介绍费，或许这个玩笑并不幽默，但却是多少客户经理的辛酸泪。

一直以来，我坚持把公关的精力都用到了公司外，而在公司内部，确如有的同事跟我所说的那样，最大的缺点就是不善于巴结领导。在黔阳工作的这些年，我很少请领导吃饭，也从未奉承过任何领导，只踏踏实实地守好自己的一亩三分地，或许这也难怪一些单位领导用一种奇怪的眼光看着我说："以你这么丰富的经历，又这么年轻，怎么可能这十来年还在原地踏步！"我只好自我解嘲说："其实这样挺好，心不累。"

的确，我也从来没想过要提拔到什么位置，或者要提拔到哪里去。多少追逐权位的人，一朝倒下，也不过变成了别人眼中的"看他起高楼，看他宴宾客，看他楼塌了"的一个典型案例而已；又有多少人在此过程中，喝出了脑梗，胃癌，把自己喝进了医院，喝到了景云山……

一直以来，我都跟别人这样说，公司就是我们的家，这个家是我们赖以生存的地方，是为我们遮风挡雨的地方，这个家我们自己可以骂她千般不好，但我们一定不能让外人说她一丁点儿不好。因为这是我们很多人的第一份工作，从我参加工作的那一天起，我就把她当作了自己要工作一辈子的单位。

但我今天还是下定决心，选择要离开。

还是借用一句流行语，"世界那么大，我想去看看"。

余生如此长，我还是想服从于自己的内心，不想在浑浑噩噩中混到退休。

有人说，你不怕后悔吗？

我告诉他，如果再不下决心，我担心几年后会更后悔！

也许外面的世界充满了风险，也许外面的世界一路坎坷，但我还是义无反顾地做出了选择。

这一切，只为了心更自由！

最后还是要感谢公司的领导和同事们，俗话说，谁家没有一本难念的经，家如此，公司亦如此，有人的地方就有江湖，江湖有血雨腥风，江湖更有侠肝义胆，我忘不了曾经在西江帮助过我的老李、周哥、韦主任、覃经理，他们是我的老师，是我在公司的引路人；我忘不了西江的老唐、小魏、小徐，他们是我一个人在异乡的小伙伴，陪我度过了那段孤独的时光；我也忘不了曾经的老领导，是他告诉我，少琢磨人，多琢磨事，把事干好了，就是对他最好的回报；我忘不了一位公司老大哥的教诲，"人活的是心境，不是环境"；我更忘不了曾经一起共事过的那些单纯的小伙伴们，是他们的关心和帮助，让我爱上了黔阳这座城市，并把家也安在了美丽的滨湖。

临行总有千般话，回首已是白发生。

最后的最后，还是祝一句，希望公司在未来的发展中更加美好！

唐平

写完，唐平才发现自己的眼睛里已满是泪水，所谓爱之深，恨之切，突然间，一股悲凉的感觉油然而生。

这辞呈要不要交，唐平突然开始有些犹豫起来。

第三十七章

在美国的牛群终于回信息了，最近的他得了一场大病，刚经历了一场生与死的考验，一个星期，牛群说，高烧不退，全身酸痛，那种疼直深入到骨头，刚开始连床都下不了，三四天后症状有所缓解，这病毒真是厉害。

"实在不好意思，差一点就回不了你的消息了。"牛群在微信里自嘲。

听说唐平都已经生二胎了，牛群很是诧异。

"你小子可以啊。"

"响应国家号召嘛，本来不打算生的，后来想想只有一个，孩子确实有些孤单，便狠下心生了个老二，你呢，有几个？"这个年龄，大家除了怀念过去以外，讨论得最多的，恐怕就是有几个小孩了。

"我啊，一个也没有，我还没玩够呢，结婚？再过两年吧。"牛群可能想象不到在看到这段文字的时候唐平是什么表情。

"是不是在国外的人都这样？"唐平问。

"也不全是，顺其自然吧。"牛群答道。

真是奇怪，牛群这小子居然还没结婚，唐平是一点也没想到，但每个人都有权力选择自己的生活方式，虽然牛群一个人自由自在，但唐平倒也不怎么羡慕。

上大学时，牛群的生活就跟唐平不在一条路上，如今毕业这么多年，依然是两条不相交的平行线。

回到正题，唐平将张校长女儿的情况跟牛群简单地介绍了一下。

"张校长这个人很好，你看有没有什么办法帮个忙联系一下国外的机构，如果有希望的话，费用的事情，我来想办法。"唐平直截了当。

"你说的这个事情有点突然。"牛群想了想，然后说道，"我先问问看，一有消息我立马通知你，看来你确实是挣到了钱，这种病可不好治，你要有思想准备。"

"俗话说，滴水之恩，当涌泉相报，尽力而为吧，你没结婚，理解不了一个做父亲的心情。"

"哈哈，那倒是，等过一阵，我回国把宿舍的几个哥们儿一起叫上，大家在南京聚一下。"牛群打了个呵欠，唐平这边正艳阳高照，而西半球牛群的窗外，此时已是繁星满天。

"睡了，有新的情况我第一时间通知你。"牛群发了个再见的表情。

电话响了，是陈冲打来的。

"姐夫，你在哪里？"陈冲在电话里问。

"有事？"

"外卖平台的事，附近有几个学校学生会的人来找到我，想加盟，盈姐让我征求你的意见。"

这是好事啊，你让他们在学校等，我马上过来。

挂掉电话，唐平便风风火火地赶到学校。

在创业咖啡馆里，几个学生模样的人正围着陈冲，几个你一言我一语地聊着，见唐平进来，全都站了起来。

　　"大家坐吧。"唐平示意。

　　陈冲逐一介绍，这几个学生全都是职教城各个大学学生会的干部，开放大学，传媒学院，交通学院。

　　现代学院和商学院的外卖平台做得风生水起，陈冲早已名声在外，那台黑色的宝马530便是成功的标志，让周围的一众大学生羡慕不已。

　　"合作没有问题。"唐平首先定了个调。

　　"但关键看如何运作，利益如何分配。"

　　一谈到商业合作，学生哪里是唐平的对手，唐平三下五除二，便将几人说得服服帖帖的。

　　"你说怎么办就怎么办，你吩咐，我们办事，学校的协调交给我们，学生兼职在我们学生会就可以内部解决了。"

　　"那还有什么问题呢？来，干杯。"

　　大家以奶茶代酒，达成了初步的合作意向，具体的细节，送走那帮学生后，唐平单独给陈冲做了交代，如此如此这般这般。

　　"两天，给你两天时间，拿出细化方案交给我。"

　　有了现代学院和商学院的范本，扩展到周边学校不过是复制粘贴，唐平之前也考虑过扩张的事情，但苦于学校协调有难度，校园封闭管理，平时进入校园都是层层关卡，所以也就没有深入思考，如今别人主动送上门来谈合作，真是踏破铁鞋无觅处，得来全不费功夫，一下子所有的问题全解决了。

眼下最烦心的就是现代学院了，唐平刚有些激动，但一想到当下，便又有些忧虑起来。

学校内部的斗争越发激烈了，听学校的老师说，书记和院长已经公开在大会上拍起了桌子。书记组织的党委会，院长居然能以自己不是党员拒绝参加，书记百十块钱的招待费，院长也拖着迟迟不给签字报销。

两人的矛盾已经从暗地里上升到了台面上，学校内部也逐渐分化为两个敌对的阵营，院长甚至威胁个别中层干部。

"你只有两条路可选，要么选择跟我一边，要么打报告辞职，没有第三条路。"

可怜那些在这校园干了几十年的老师们，不得不选边站队，如明朝东西厂的特务一样，随时监视着对方的一举一动，哪怕只是跟朋友吃了个饭，也会被人报告到自己的队长那里去。

校园里弥漫着一股紧张的气息，会议室里经常剑拔弩张，稍不注意便会爆发一场你死我活的战争。

不仅领导的行踪被人监视，就连一些中层的通话记录也有人在帮忙打听。

这是犯法的，面对有人咨询，唐平严厉地拒绝了，自己的稀饭还没吹冷，哪有闲心去管别人的汤烫不烫嘴。

抖音里的一条视频在校园里炸开了锅，现代学院出名了！春季送出去实习的一批汽修专业的学生向媒体爆料，学校将他们卖给中介公司，中介又将他们送到全国各地的修理厂，名义上是实习，实际干的工作跟其他工人一样，但待遇却是天差地别，修理厂支付给其他人每个月近三千元工资，而他们经过中介后连一半都领不到。

学校太黑了，抗议！学生们开始联合起来，先是在自媒体，后来电视台和报纸也介入了，越挖越深，甚至挖出中介公司年初才刚成立，几乎是专为这个项目而生，这里面肯定有不可告人的猫腻！试想，一个学生一个月被中介吃掉一千多工资，以现代学院四千多人的规模，这该有多少利益牵涉其中？简直不敢想象！

厅里也顶不住压力了，派出了调查组进驻，书记院长被停职，副院长临时主持工作，一时间校园里的人噤若寒蝉，人人自危，而更多的人本着事不关己，高高挂起，看热闹的心态，都在等着看这场闹剧该如何收场。

唐平做梦也没想到，出了这档子事情后，双创园的事情再也没人提起了，比起学生实习，唐平的那丁点事情简直不值得一提。

一个月后，调查结果下来了，院长未经学校党委会同意便擅自决策引进中介公司，将学生交给第三方中介安排实习，而中介公司又私自扣押学生的实习工资，性质十分恶劣，不过因发现及时，厅常委迅速介入处置，这才没有酿成严重后果。经研究决定，院长在此过程中渎职失职，违反"三重一大"集中决策等相关规定，承担主要责任，建议调离原单位，降为普通员工，而书记因监督不力，出现问题未及时制止，承担监督失职责任被给予诫勉谈话。

闹得沸沸扬扬的学生实习黑中介事件就这样告了一个段落。

"看来那女院长的能量确实不小，换了别人，估计就不是免职调离那么简单了，恐怕还会有牢狱之灾呢。"晚上睡觉的时候，唐平对盈盈说道。

不过好在因祸得福，流程合规的事情再也没人提起，一切又重新恢复了平静，只不过自那以后，学校里再也没人敢跟唐平出来喝酒吃饭了，学校仿佛又走向了另一个极端，凡事小心翼翼，一件芝麻大的事情都要推动上到党委会，谁也不敢轻易表态，无非是怕担责，这样一来效率反而低了。

　　不过话又说回来，唐平不过是做生意求财而已，学校里的政治斗争自己根本就掺和不上，或者说压根儿就不想去掺和。

第三十八章

打羽毛球真的会上瘾，一天不到球场去挥上几拍，唐平觉得浑身上下都难受，他的球技提高得很快，反手高远到底线，放网前球，跳杀，对，跳杀的感觉实在太爽了，只听得啪的一声脆响，那球便像炮弹般朝地板上砸去，死死地钉在地上。一场球下来，让人酣畅淋漓，无论你有万千烦恼，只要拿起球拍的那一瞬间，你都会忘得一干二净。在那短暂的两三个小时里，所有人的眼中只有球，那球在空中飞来飞去，成了众人发泄的对象，你一拍我一拍，直被打得遍体鳞伤，体无完肤，最后被扔出场外，丢进垃圾桶。人到中年，似乎早已经习惯了将各种压力和内心的痛苦埋在心底，不再像年轻时逢人便诉说，唯恐没有人知道自己受了委屈，而是选择独自一人承受。厌倦各种饭局和夜场的喧嚣，喜欢宁静和独处，仿佛也是一个从年轻走向成熟的标志。而羽毛球，既能让人解压，还能锻炼身体，成了这个城市中越来越多人热衷的运动方式。

"除此之外，羽毛球还自带社交功能。"唐平如此总结道。此话不假，羽毛球群里的成员有主席，有巡视员，有书记，有处长，唐平充其量只是一个比照政府单位科级职员的小角色，但只要他在群里招呼一声，便能得到所有人的响应。"打球啦！请各位自觉接龙。"

在群里，唐平更像是一个领导，只不过这个领导需要打上一个括号，不仅没有职务，更没有薪水，但唐平乐此不疲，经常义务帮群里的人缠手胶，或者帮忙带拍子到六广门去拉线。

新球要蒸过后才耐打，唐平在抖音上学到了一招，便很快应用到了球场上。

"羽来羽好"俱乐部每周一周四固定打球，周末随机打球，群里的成员人数已经发展到了两位数，虽然唐平是群主，但群里的成员大多是彭晓辉和徐副主席的朋友。

徐副主席一个反手斜线，球贴着网落下，彭晓辉一个大劈叉，球拍轻轻一勾，那球便被救了起来。徐副主席一个假挑真放迷惑了彭晓辉，彭晓辉急忙后撤，准备到底线接球，哪知徐副主席突然球拍往下一沉，球触到拍面轻轻从网上翻滚过来，跌落到地上。

场边上的人看得有些呆了，等球落了地，这才反应过来，纷纷鼓掌。

太精彩了！一场球下来，能够有几个这样的球，就足以让大家津津乐道好一阵子。

打完球，唐平提议去整点烧烤，喝点啤酒，但徐副主席称最近正在吃降血压的药，不宜饮酒。彭晓辉姑娘刚从国外回来，他晚上要去接机。

"改天吧，好不容易打球减了二两体重，一顿吃又回来了！"彭晓辉笑道，唐平也不再勉强。

回到家后，唐平冲了个澡，打开电脑，看到牛群发了个信息。

"你交代的事情已经咨询了，你朋友女儿的病应该是神经性的聋哑，虽然医治的难度很大，但现在医术比较先进，国外已经有不少治疗后恢复正常的案例，但最终还得过来实地检查后才能确定，当然，费用肯定不便宜，你要有思想准备。"

唐平回了个"明白，收到！"

打完球，又洗了个热水澡，很快便感觉有些困乏，唐平靠在床上，不一会儿便进入了梦乡。

早上，陈冲打电话给唐平告诉他，职教城几个学校的外卖平台已经搭建完毕，合作的商家，兼职配送的人员招聘等全都到位了，只等唐平一声令下，便可正式启动运营。

"我们搞了一个启动仪式，想邀请你参加。"陈冲说道。

开业还是要去看看，唐平跟单位请了假，接下来的一周，唐平辗转职教城各个学校。飞猪外卖已经成为职教城里有名的外卖平台，你可以没有喝过茅台酱香拿铁，但你一定在飞猪外卖上点过外卖。

订单如雪片般飞来，真是站在风口，猪都能飞。有时候人的运气就那几年，那几年只要抓住了，你就能给自己换个活法。看着一屋子忙忙碌碌的兼职学生，唐平有些感慨，想当年刚到西江上班时，为一台风扇也要讲好半天的价才能定下来，这才几年时间，真让人有一种恍若隔世的错觉。

又是一年开学季，职教城已经成为各大通信运营商的兵家必争之地，宣传广告，促销展位，迎新环节植入，甚至直接与校园一卡通绑定在一起，运营商之间的手段这些年看似不断推陈出新，其实套路基本不变，就是给赞助，给实惠，套餐已经降到10块钱全国200G流量了，要的就是一个市场份额，至于能否赚钱，运营商里的各级领导们可能暂时还没有工夫来思考这个问题。

感觉越来越没有意思，唐平看着那些穿着红马甲穿梭在校园里的同事，不禁有些悲凉，谁会相信此刻那个正在发宣传单的帅气小哥是国内一所排名前五的名牌大学的研究生，名牌大学怎样，研究生又怎样，还不是一样摆地摊？就像汪小虎一样，曾经身家上千万，可现在呢，他正带着一帮业务员在学生宿舍里扫楼，也真是倒霉，被学校的保安逮个正着，还以为他们是小偷或是骗子，此时正被关在保卫室里审问呢。

"大哥，帮帮忙，给学校的领导求个情，把人给放了吧。"小索给唐平打电话救急。

"你们领导呢，让他出马岂不更好？"打个电话虽然是举手之劳，但唐平一想到自己被举报的事情，气就不打一处来。

"谁不知道你老人家跟职教城的关系好？就算是帮我的忙，再不济你也得看在汪小虎的面上，把他给救出来吧。"小索知道自己的领导是靠不住的，那家伙平时基本不跟外界打交道，只活在自己的世界里，认为公司的产品如何如何好，在他的眼里，公司作为国字头央企的金字招牌，别人一听就得"回避肃静"，其实不然，在别人的眼里，你再怎么牛也只是一卖卡的。

拗不过小索，唐平只好给学校的书记打电话。

"真是大水冲了龙王庙！放，马上放，这帮家伙也真是倔，咋个问就是不说自己是哪个单位的，要知道是你们的人，我早就放了。"书记在电话里直打哈哈，唐平再三感谢。

很快汪小虎就出现在唐平的面前，灰头土脸地耷拉着脑袋，十分落魄，自汪小虎破产后，大别墅没了，豪车也没了，"胡辣椒们"全都一哄而散。这就是现实，穷在闹市无人问，富在深山有远亲，汪小虎这一跤跌倒，不知道要花多少力气才能再翻身爬上来。

"丢脸了。"汪小虎有些不好意思。

"只要思想不滑坡，办法总比困难多。"唐平安慰道。

"不好讲，前些年只要你胆子大，肯努力，就能挣到钱。可现在一切都变了，越过越难，这两年是胆子越大，死得越快，网上不是有这样一句话嘛，'只要肯吃苦，你就会有吃不完的苦'，太难，校园业务也不好干了，以前有漫游，学生到校后必须要换卡，可现在都是副卡，家长交费，学生免费使用，一天促销下来，也办不了几十张卡，连人工费都保不住。"汪小虎哭丧着脸。

天黑下来了，几家运营商的帐篷里亮起了灯，几个员工坐在里面，眼巴巴地望着路过的学生。

"没有人就收了呗，干坐着不是浪费时间？"唐平问。

"可不敢，领导随时都会来现场突击检查，就算是坐也要坐到时间才能走。"一个刚进公司的大学生回答。

那大学生刚开始以为唐平是学校的老师，后来听小索介绍后，才赶紧站起身来，直呼前辈。唐平虽人已不在滨湖，但滨湖依然有唐平的传说。

"听小索哥说，你当领导的时候大家可开心了。"大学生说。

"别听他胡吹，年轻人，还是有些压力好。"这话刚一说出口，唐平就有些后悔，在心里大骂自己虚伪。

在大学生崇拜的眼神中，唐平仿佛看到了年轻时候的自己，天真，领导只要稍稍画一块饼，自己便会兴奋得好几夜睡不着。

明天一早，就把辞职申请交了，唐平心里想。

第三十九章

早上，唐平在公司吃早餐的时候，遇到了一个前几年退居二线（改为非领导职务）的老同志。

那老同志身背帆布书包，脚蹬一双老北京布鞋。

"你是不是傻？脑子进水了吧。"

听唐平说要辞职，那老同志抬起头来骂了他一句，周围有许多一起吃早餐的同事，还好食堂电视的声音开得很大，没有人注意到他们。

"你没看最新的公司文件？"那老同志继续说道。

"什么文件？"唐平一头雾水。

"公司关于在职领导退出管理岗位的相关文件，我马上转给你。"那老同志掏出手机，将文件发到了唐平的微信里。

唐平打开微信，慢慢地浏览起来。

"你的意思是让我也申请改非？"看完文件，唐平问。

这是最新的改非文件，没有年龄限制，只有任职年限的要求。

"可我才三十几岁，公司会同意？"

"同不同意是领导的事，可提不提申请就是你的事情了。"老同志在单位工作了几十年，早已见惯了职场的风风雨雨。

"你连辞职都不怕，还怕领导不同意？"老同志一句话点醒了唐平。

是啊，这句话就像劝那些准备轻生的人，死都不怕，还怕好好活着？

唐平将打印好的辞职信撕得稀碎，丢进公司电梯旁的垃圾篓里，径直朝十六楼的人力资源部办公室走去。

一切都像是安排好的一样，接下来的事情顺利得令唐平都觉得有些出乎意料，写申请，过党委会，公示，短短的一周，唐平就变成了公司最年轻的退居二线的老干部。

"才三十几岁的人，就改非了，到底是咋想的？"

一时间，公司里议论纷纷，传到最后，甚至有人说唐平患上了一种奇怪的病，吃不下饭，睡不着觉，所以才主动提出了退出管理岗位的申请。

还别说，那段时间，唐平还真因为头痛难忍住进了医院，一检查，脑袋里竟有淤血，需要开颅手术。医生的诊断结果是因为外力所致，但唐平绞尽脑汁也想不出来自己到底是在哪里把头给撞到了，好在手术很成功，唐平很快便出了院。经历过一场生死，唐平对人生又有了新的认识，唐平彻底"躺平"了，没有任何的适应期，唐平顺利融入到了单位退休老干部的行列中。

"羽来羽好"群里，有人问群主最近咋玩起了消失，球不组织就罢了，连个泡都不冒！

"实在抱歉，刚做了个不大不小的手术，得休养一段时间，等稍微恢复就出山。"唐平在群里回复，并晒出了医院的病历照片。

下午，唐平正和几个老同志在办公室里聊天，突然，手机响了，是彭晓辉的电话。

"你在几楼？"彭晓辉问。

"什么几楼？"唐平有点蒙。

"办公室！徐主席说你不组织大家打球，最近身体都荒废了，他一定要亲自来瞧瞧，看你到底有多严重，我们已经到楼下了，你不打算请我们喝杯茶？"

"哎呀，当然欢迎！你们等我一下，我马上下来。"唐平赶紧结束了聊天，赶到一楼大厅。

一帮球友早已等在那里，刘明昊正握着徐副主席的手，向唐平的球友们介绍着什么。

见唐平过来，刘明昊怪罪道："小唐你也真是的，领导来公司视察你也不提前说一声！"

"真是不好意思，领导，我也是刚接到他们的电话。"唐平连忙解释。

"我刚陪刘总去区县调研回来，一进门就撞上了，可把老刘给吓得不轻，还以为是省里的领导搞什么突击检查。"办公室主任在一旁拉着唐平悄悄地说。

"刘总言重了，哪里是视察，我们不过是听说唐经理生病了，顺路过来看看，没想到正好遇到你，打扰了。"彭晓辉替唐平解围。

"你不知道，我之前在省公司时，徐主席在市里当领导，我时常给主席汇报工作。"平时十分严肃的刘总，此时竟如此的谦卑，让唐平感觉到了巨大的反差。

刘明昊领着徐主席一行参观了公司的展示中心，又到职工之家逛了一圈，最后又邀请一行人到小会议室喝茶，刚要安排食堂准备一桌饭菜以尽地主之谊，被徐副主席和老彭以有事要忙为由婉言拒绝。

　　"刘总，喝茶和吃饭的事情还是改日吧，看到小唐同志精神状态比较好，我们就放心了，小唐同志，希望你早日康复。"

　　球友们逐个跟唐平握手，然后朝刘明昊挥了挥手，便钻进小车，上了花果园立交桥，不一会儿便消失在了黔灵山路的尽头。

　　刘明昊抹了一下额头上的汗，摇了摇头，"哎呀，我该说什么好，你这小子，有徐主席这层关系也不说一声，这样，你安排一下，约一下他的时间，我亲自上他办公室去拜访。"

　　唐平点了点头，表示已记在心上，回到办公室，人们看唐平的眼神都变了。

　　"真是看不出来，这家伙藏得还挺深，有这层关系和背景，申请改非干吗，提个副处啥的，还不就是省公司主要领导一句话的事情？"中饭食堂里，几个公司中层坐在一起，轻声地议论着。

　　"你以为谁都像你一样是官迷。"另一人反驳道，"我一个朋友，曾经在一个地方当派出所所长，突然有一天，他不知道听谁说上面要提拔他做副局长，要是常人来说，这种好事应该是求之不得吧，你猜他是咋做的？"

　　其他人摇头。

　　"他连夜请人把上面的领导约出来喝茶，为的不是感谢领导的知遇之恩，而是请求领导收回提拔自己的决定，要不是这家伙是我从小一块穿开裆裤长大的朋友，我一定认为那人是在吹牛。"

"确实，职位越高，责任和压力越大，表面看着风光，其实各有各的心酸，就像老过，平时到区县检查工作，前呼后拥的，但到了省公司，面对领导的批评和指责，不照样得忍气吞声。这人哪，当多大的领导是大？可就是再大的领导，也有退下来的一天，到那时候谁还会买你的账？你见那些领导在任时门庭若市，可一旦退休，那些平日里如影随形的下属们便再也没了踪影。"

唐平正要午休，办公室老周来电话，"平总，下午去十二楼看一下办公室。"

"看啥办公室？"唐平不明白。

"刘总特意交代，要给你单独安排一间办公室，方便接待。"老周说得很肯定。

"没有这个必要吧。"唐平推辞道。

"我已经帮你安排好，办公桌和沙发都是现成的，就是需要添置些茶叶绿植之类的，我让办公室小陈下午去采购回来。"

这是上一任市公司某副总经理的办公室，人调走后，就一直空着，后来刘明昊到任后，将领导层的办公室整体搬到了十六楼。

唐平受宠若惊，"我一个退二线的人，有何资格坐副总的办公室。"唐平转身就要走。

老周赶忙拉住他，"平总，你就不要为难我了，再说了，你还年轻，今后有的是机会，人生那么长，谁能说得清楚，说不定什么时候就提拔了呢。"

"我要想提拔，就不会申请退下来了。"唐平的话到嘴边，又生生咽了下去，这种话，跟老周说了，他也不会信。

第四十章

"我下周回国，到时候南京小聚一下。"

牛群在微信里告诉唐平，他已经买好了回国的机票。

"正好，我请你帮忙的事情，我们见面好好合计合计。"

牛群回了个"OK"的微信表情。

"总算是回来了，来，为我们曾经的同窗情谊，大家一起干一杯，愿所有人健康快乐，生活美满幸福！"

"第二杯，致我们曾经逝去的青春，一眨眼，毕业整整十五年了，人生能有几个十五年哪，唐平，你还记得当年我们一起在迈皋桥打暑假工的日子不？"青海的阿珂提了一杯酒，讲起了当年他和唐平的故事。

"牛群是不会理解的，他那时候就是富家公子，每个月的零花钱能抵我们一学期的生活费。"阿珂先拿牛群开涮，铺了个垫，然后继续讲。

"大三那年的暑假我和唐平没有回家，便到迈皋桥附近的一栋写字楼里找了份工作，工作的内容是推销电话卡，铁通公司的，每天开完晨会后，我就和唐平两人坐公交车满南京城跑，中华门，下关，晓庄，孝陵卫。每到一处，我们先避开保安的盘查进入小区，先坐电梯到楼顶，然后自上而下挨家挨户地敲门推销。南京的夏天真是个火炉，热得要死，脸上的汗水用工号牌轻轻一刮，便如下雨一般。我们俩穿着廉价的白衬衣和黑皮鞋，腋下夹个烂钱包，对外称是电信公司经理，啥经理，就是个推销员，那些居民区的住户不知道是造了什么孽，一天到晚要经受一拨接一拨的狂轰滥炸，有些实在受不了，便在门上挂一个牌子，'推销员与狗不得入内'，或是直截了当，'推销打断腿'，可见人们对于敲门推销这件事的憎恶程度。"

"为了生活，我们四处奔波。"几杯下肚，唐平竟哼起了小曲。

往事不堪回首，谁能想到当年那个浪荡的阿珂，如今已是一家证券公司的总监。

也不知道是不是吹牛，"身价低于一千万的客户，没有资格坐着和我说话。"阿珂吹起牛来，脸一点也不红。

吃饱喝足，一行人走在街上，昏暗的灯光下，透过婆娑的树影，唐平想起了郑智化的《堕落天使》。

> 你那张略带着一点点颓废的脸孔
>
> 轻薄的嘴唇含着一千个谎言
>
> 风一吹看见你瘦啊瘦长的鸟仔脚
>
> 高高的高跟鞋踩着颠簸的脚步
>
> 浓妆艳抹要去哪里
>
> 你那苍白的眼眸
>
> 不经意回头却茫然的竟是熟悉的霓虹灯
>
> 在呜咽的巷道寻也寻不回你初次的泪水
>
> 就把灵魂装入空虚的口袋

这首歌如今被女歌手周华容翻唱出来，又别有一番不同的味道。

唐平提议去学校逛逛，众人附议。从新模范马路到仙林，再也不用坐97路公交车，地铁11号线转乘1号线。进入大学城后，1号线上几乎全是学生，让唐平仿佛又回到了学生时代。

校门口，几人亮明身份，保安让大家用手机注册了电子校友卡，扫码进入校园。远处的新图书馆大楼后面，一轮皓月正缓缓升起，大家顺着一食堂，依次经过"梅兰竹菊"几个宿舍区，还经得宿管阿姨的同意，到宿舍里去转了一圈。

不知道是不是宿舍的号牌变了，几个人怎么也找不到当初的宿舍，到底是402还是408？记不清了，反正是在四楼，连敲开几间都不是，大家有些灰心，巡楼的保安见几人鬼鬼祟祟的，便上前询问，听说是校友，保安很热心，便带着大家挨个宿舍查看。

"都不是！"

"算了，估计是喝蒙了，走吧。"大伙下了楼，走出院子。那保安没有帮上忙，显得有些失落。

大伙绕着操场走了一圈，便出了校门，回酒店的路上，唐平这才猛然想起，"我们是从哪个门进的学校？"

"后门哪，怎么啦？"牛群问。

"走反了，我们上学那时候压根儿就没有后门，都是从正门进，我们也没跟人家保安说清楚我们以前是住兰苑的，一直讲四楼四楼，那一排宿舍都有四楼。你忘记了？入学的那一年我到学校报到，就出去买了支牙刷，回来就找不到宿舍了，愣是把头都转晕了，就像《满

221

江红》电影里演的那样，一堆演员在巷子里来来回回地折腾。"

"一保官，王恩师延龄丞相；二保官，南清宫八主贤王；三保官，扫殿侯呼延上将；四保官，杨招讨干国忠良。"

"哈哈，搞了半天我们一直在竹苑瞎找，能找对才怪！"

"真是蠢。"唐平不小心冒了句南京话出来，众人大笑。

"我朋友女儿治疗的事情，就按照我们商量好的办，我回去就告诉我那朋友。"离开南京前，唐平给牛群发了个信息。

"你吩咐，我落实。"牛群回道。

第四十一章

"真的吗？"张校长有些不太相信，但唐平说得很肯定，由不得他不信。

"你抓紧把签证办好，我同学过段时间回去，你就跟他一起，我那同学正好就是国外那家公益基金的中国区负责人，他们每年都会在国内寻找一些因后天原因所导致的神经性聋哑人，提供免费治疗的机会。"

"要真是那样，你就是我们家婷婷的大恩人了！"张校长百感交集，握住唐平的手半天不肯松开。

"言重了，善良的人终将会有福报，婷婷那么冰雪聪明，一定不会永远生活在无声的世界里。"唐平安慰道。

张校长退二线后，比之前在学校当校长的时候苍老了许多，聊起自己走后学校发生的一些事情，张校长感慨不已。

"有的人一旦手上有了一丁点的权力，就会想方设法将权力去变现，或是尽最大可能去为难别人，这就是人性丑陋的一面。"

"正义虽会迟到，但永远不会缺席，好在没有影响到学校的发展，要不然那些人就真要被钉在校史的耻辱柱上了。"

"年纪轻轻退二线，有大把时间干自己喜欢的事情，创业，打球，儿女双全，家庭和睦，不得不说，你已经活成了很多同龄人甚至像我这样比你痴长了一轮还多的老头子羡慕的样子。"张校长说道。

"话虽如此，但个中辛酸只有自己知道，但我坚信，一个人只要能够保持一颗平常心，不骄不躁，不贪不念，便能知足常乐。"唐平似乎已经习惯了改非之后的生活。

"是啊，道理其实很多人都懂，但能做到的却很少，人们总是会在对权力地位和金钱财富的追求中迷失方向，忘了初心，等到一朝权力坍塌沦为阶下囚，又痛哭流涕，悔不当初，聚敛的不义之财也在一刹那间化为泡影，这才发现所谓的金钱地位不过是黄粱一梦罢了。"

张校长的话，唐平很有同感，前些日子，西江的覃红一家人来黔阳旅游，跟唐平聊起西江的往事时，覃红告诉唐平，唐平离开没几年，方国安安排自己家人开公司承接公司广告业务的事情被纪委发现了，起初方国安死活不肯承认，一口咬定那广告公司跟自己没有半毛钱关系，但如要人不知，除非己莫为，最后纪检人员将铁证摆在方国安面前的时候，方国安立马就变了个样，只差跪下来求公司领导看在他这些年没有功劳也有苦劳的份上放过他，留他一条生路，但为时已晚，方国安因贪污受贿被开除党籍和公职，法院判了三年，出来时，老婆都已经改嫁了。

方国安的结局让唐平唏嘘不已，当初牛哄哄的一个人，竟落得如此凄惨的下场，真是天要让其亡，必先令其狂。

安排好张校长的事情，唐平长舒了一口气，现在职教城的学校全都放了，周末学生全都涌向附近的时光古镇，将红枫湖畔这个弹丸之地挤得水泄不通。每逢周末，唐平的飞猪外卖点单量便会大幅下降，食堂的生意冷清了很多，反倒是职教城周边的酒店民宿，生意火爆，年轻的人们在里面尽情地释放着自己的荷尔蒙，附近的居民经常开玩笑说一到周末整个职教城就会发生轻微的地震，而震中在哪里，不用说，大家心里都明白。

待到周日的傍晚，学生们玩累了，拎着大包小包的零食回到宿舍，第二天一大早，上飞猪外卖点点儿什么，又成了学生们说得最多的话题之一。

生意上的事情，唐平基本不再过问，食堂有盈盈，陈冲和二皮也将外卖平台管理得井井有条，根本不需要他操心。

唐平每天上午到公司打卡吃个早餐，然后四处转转，遇到同事打个招呼。

"吃了没？今天天气真好，走，到外面抽支烟去。"

如果不是人资部的田经理来电话，唐平以为自己的职业生涯就这样，会一直持续到自己退休。

"平总，恭喜。"田经理在电话里说。

不明白喜从何来，唐平狠狠地吸了一口烟，差点把自己给呛到。

"你小子是不是舒坦日子过惯了？集团公司在安西有个扶贫点知道不？"田经理问。

"知道，前段时间公司不是才组织大家在商城上团购扶贫物资？"唐平说道。

"正是，不仅如此，省公司还在安西派了干部去挂职帮扶，五年一个任期，上一任刚好马上到期，刘总就向省公司郑重推荐了你。"

"我都退下来的人了，去那能干啥？"唐平不解。

"挂职实际上就是提拔，一般到了县里会任县委常委，做分管工信和扶贫的副县长，这可是委以重任哦，你小子别得了便宜还卖乖，一帮兄弟都等着你请客呢，你看着办吧，不要安排太豪华哦，凯宾斯基就行。"田经理笑道。

　　这突如其来的消息，让唐平有些猝不及防，挂断电话，好久都没有反应过来。

　　"羽来羽好"群里，"寒江孤影"邀请"红水河上的木棉花"加入群聊，"寒江孤影"是徐副主席的网名，"红水河上的木棉花"是何方神圣？唐平有些疑惑，但肯定是老徐的朋友，唐平想也没想便点了同意，紧接着，"寒江孤影"在群里喊了一句，"热烈欢迎我外甥女陈舒凡加入'羽来羽好'的大家庭，另外再补充一句，我外甥女昨天刚从外省调黔阳，任省通信管理局信息安全处处长，希望各位今后多多关照。"

　　"红水河上的木棉花"打了个招呼："新人入群，请大家多多指教。"

　　为表诚意，紧接着一个红包弹了出来。

　　很快，下面出现一长串的"掌声"。

　　"欢迎陈处！"

　　"欢迎陈美女！"

　　"欢迎来到爽爽的黔阳！"

　　还有人发了个感谢老板红包的表情包。

　　一时间，沉寂了好几天的群突然间变得异常热闹。

　　"群主不安排一场球为陈美女接风洗尘？"群里有人起哄。

　　那个再熟悉不过的头像，红水河畔，一簇火红的木棉花，瞬间点燃了唐平因为田经理那一通电话还没来得及平复的内心。

"群主睡着了吗？还是故意装看不见？"过了一会儿，群里有人喊，是民政厅的丁处。

唐平此时的心里好像有一万匹马在奔腾，是担心，是兴奋，是期待，是激动，还是其他，唐平自己也弄不清楚。

面对球友们的呼声，唐平再不能视若无睹，想了半天，打了一长串的文字，然后又删掉，最后只剩下"欢迎欢迎，热烈欢迎"几个字。

彭晓辉也冒出头来，"干脆择日不如撞日，既打球锻炼身体，又为陈处接风，一举两得，小唐，你组织订一下场地，我们下班就去，打完球后到侗家苗岭酸汤鱼碰头。"

唐平回了一句"收到"，然后又想了点什么，便给田经理打电话询问去安西报到的时间。

"等通知吧，过两天领导还要找你谈话呢。"

挂了电话，唐平站在办公室的窗前，思绪万千，远处，花果园那两幢耸入云端的双子塔清晰可见，购物中心旁的地铁三号线已到了最后的收尾阶段，烂尾了很久的海豚广场也重新动工了，据说是被一个很有实力的公司接手，预计要不了多久，伴随着这个号称亚洲最大的地铁站的开启，这里便会成为黔阳最热闹的地方之一。

目光回到近处，楼下就是市西商业街，附近文昌阁的路边音乐会每周都有举行，人气越来越旺，仅次于榕江的村超和村BA，离晚上还有几个小时，但已有不少年轻人早早地就往那边赶，生怕抢不到一个绝佳的好位置。

不知为何，唐平的脑海里突然想起了一首网上盛传是仓央嘉措而实则是一位现代人写的诗。

那一夜，我听了一宿梵歌，不为参悟，只为寻你的一丝气息。

那一月，我转过所有经轮，不为超度，只为触摸你的指纹。

那一年，我磕长头拥抱尘埃，不为朝佛，只为贴着你的温暖。

那一世，我翻遍十万大山，不为修来世，只为路中能与你相遇。